蓝土地
林慷慨 主编

江海有信

北鱼 著

春风文艺出版社
·沈阳·

图书在版编目（CIP）数据

江海有信／北鱼著；林慷慨主编． —— 沈阳：春风文艺出版社，2023.12
 ISBN 978-7-5313-6611-9

Ⅰ．①江… Ⅱ．①北… ②林… Ⅲ．①诗集—中国—当代 Ⅳ．①I227

中国国家版本馆 CIP 数据核字（2023）第 234941 号

春风文艺出版社出版发行
沈阳市和平区十一纬路 25 号　　邮编：110003
四川科德彩色数码科技有限公司

责任编辑：韩　喆　　　　　　责任校对：陈　杰
幅面尺寸：145mm×210mm
字　　数：180 千字　　　　　印　　张：7.625
版　　次：2024 年 6 月第 1 版　印　　次：2024 年 6 月第 1 次
书　　号：ISBN 978-7-5313-6611-9　定　　价：50.00 元

版权专有　侵权必究　举报电话：024-23284391
如有质量问题，请拨打电话：024-23284384

[序]

北鱼的变奏:"引力在悲喜之间娴熟切换"

沈 苇

> 天空的古老姓氏,潜泳的
> 第一道痕。当我向自己靠近
>
> 空气稀薄,雨和血的颗粒
> 如星球浮动、撞击。始终有
>
> 更小的裂缝,令引力在悲喜之间
> 娴熟切换……
>
> ——《蓝》

北鱼诗中引力的切换,不仅在"悲喜之间"、天蓝与海蓝之间,更体现于个人身份的变迁、经验的切身性以及变化中带来的写作热情:从"渔后代"到"都市移民",从海岛的"逃离者"到陆地的"栖息者",日常性之"小"与大海之"大",自我与"边界",沉溺于超然,隐藏的与显现的……这些,都交织在一起,"我因此而多变,因此//喜欢所有蓝:在鸟背,在鱼腹/在汽车观后镜意外的反照",由此,形成了他诗歌多样化的变奏,保有"蓝"之底色,"引力"化为内在的角力和张力,写作如同一次次的"自我博弈"。

他的家乡在东海洞头,三百零二座岛屿组成的"百岛之县",现在是温州的一个区。本岛西南有一座大瞿岛,说它大,是相对于中瞿岛和小瞿岛而言的,其实只有二点几平方公里,有三个自然村,山下两个渔业村,另一个自然村在山上,以林业和农业为主。北鱼出生于两个渔业村之一的蜡烛台门村。关于这个以蜡烛命名的出生地,他写过一首诗:"海上的门至今未得一见。但我确信/我经过了。一股几经折叠的愿力//将我传送出童年,又以荒芜的速度/关闭了回流的甬道//是月光?还是更遥远的马达声/将蜡烛台门擦亮,又隐藏"(《蜡烛台门缩写》)。

故乡就像生身父母一样,是不可选择的,具有唯一性,它是"传送"也是"关闭",是显在也是隐在。记忆只是部分的拯救,隐在的"失忆"总是更多,因为遗忘是人的本能。他写大瞿岛山顶有杨梅树的林场:"有日落的担忧,但不远处的岛/有更神奇的工具,将晚霞——收留",尽管有晚霞这一"神奇工具"的收留和慰藉,但"有一座老村正在失忆,好心劝我/不要去、不要去"(《林场速忆》)。如此,北鱼的家乡记忆和海岛记忆就有了一种百感交集的复杂性,是离开与回望的徘徊、思恋与"不要去"的悖论,以记忆之名发愿的写作,成为对"失忆"的某种抗衡。

北鱼对大海的表达是冷峻的、非狂想的,因为他一出生就是"面朝大海"的:平静的海,发怒的海,神秘的海,渊薮般的

序

海……这"自由的元素"（普希金），"死者永恒的摇床"（兰波），希尼将之称为"非宗教的神力"。疫情转段之后，我与北鱼有过一次洞头之行，他给我说得最多的是大海给人带来的畏惧感，以及具有泛灵色彩的洞头民间信俗。记忆里，二百多平方公里岛屿面积的洞头，几乎每一个岙口都有一座庙，有的供养佛像，有的供养道教的神，有的供养羽化仙的神，有的供养历史上的真实人物，有一个村里甚至供养马和鹿为神灵。"小时候，大人们总在提醒孩子，离大海远一些，更远一些。同时，有一些神秘兮兮的小庙，也不让孩子们接近，因为里面供养着凶神恶煞。"

大海是一个多重的、复合的存在，具有凶神恶煞的一面，吞噬的，溺亡的，再也不能归来的……一种不可捉摸的生死拷问，一座动荡无垠的坟茔。"每一次浪击，都是大海在疼痛/接近于妇女难产，渔民善泳/却窒息在思亲的浪花中//他们已不能再收缩。"（《台风，或忌日》）这种普遍的"窒息"，缺少"解锁"的机会，也缺少一点自主的呼吸："他很记得/出航和归港，应该在同一天完成//假如回忆即是动身，大海欠男孩/一次解锁的呼吸"（《归港》）。从"面朝大海"到"背对大海"，北鱼甚至写下了《不要宣传大海》：

最好不要问归港的渔民
不要在宣传大海的框架内
搭构你的沉思。更不要问我

一个在海边投寄童年的旅客

江海有信

> 海浪起伏……这样一条
> 蓝色被单，盖着鱼群和溺亡者的鬼魂

对大海爱恨交加、悲欣交集的人，成为大海的"逃离者"。外岛—本岛—大陆，洞头—温州—北京—杭州，中学—大学—工作……与继续生活在洞头的余退、谢健健、叶申仕等青年诗友不同，北鱼的迁徙离海洋远了，仿佛要去陆地上寻找"另一个海"，建设"另一个故乡"。但值得庆幸的是，他的"逃离"中没有撕裂感，也没有刻意遮蔽自己的早年。事实上，离开是另一种归来。离大海远了，乡愁和思念浓了，海岛记忆也越发清晰了。

北鱼对大海的记忆和表达，有色彩，有音响，有潮汐不倦的韵律。大海是"一条蓝色被单"，然而他写得最多的是大海的声音——"鱼声马达"，好像他依然是一位海岛上的倾听者，拥有一台"过去的探测器"，无疑，这是一种张执浩所说的"不在的在场"。"鱼声马达就安装在我背后/无形且没有触感，类似于潜水艇/沉入大海，和鱼就没有了区别/……当它嗒嗒作响/故人的信就从云中飘下来"（《鱼声马达》）。有时，他把大海推得很远，推成一个背景、一种象征，潮汐就变成了一封故乡来信：

> 来时速写的追忆片段，多年后
> 如假消息淤积在喉，沙滩卵石堆叠
>
> 未能寄出的信，又高一尺
> 快要超出我的强度了

而肌肉松垮，缘于我咽下难以消化的诗行
我说玻璃碎片，你要继续对瓶口隐瞒

像大海隐藏更深处的蓝
告诉世人的，唯吞吞吐吐的海岸

——《潮汐来信》

《潮汐来信》一诗写得出色，精练、微妙、传神，个人化和准确性都具备，有内在张力，还有一种隐隐约约的痛感。再如在杭城运河边写下的《柳岸》："柳枝超出的部分/和我看到的大海相似//我熟悉大海，拍击或是抚摸/它反复试探的，不是海岸/而是自己的边"。这种意识、自觉和表达，是非常好的。探索自我与探索世界（大海，群岛，柳枝超出的部分……），其实是一个道理。诗歌能够不断拓展的"边界"，既是自我的，又是世界的。向内，向外，冥合而同归。

我注意到，"登陆"后的北鱼，一直在重构、重建与大海的关联。《与子说》《吹蒲公英的少年》《风筝》等作品是写给儿子的，年轻的诗人却像一位慈祥老父，有点絮叨，希望通过自己的孩子去赓续大海记忆、故乡血脉。"有时真不知从何说起/说：大海没有边？/幸运的是/我有一座岛，你可以/用折纸船抵达它，也可以用蒲公英"（《与子说》），风筝与纸船、蒲公英一样，也可以成为连接远方、大海的中介。当渔村一帧帧关掉虎皮色，诗人和大瞿岛的关系出现裂痕，风筝之线正是织网之线，织风、织苍茫、织天地之线,"仿佛与过去交谈的可能/正被吹远,我急于寻找那根织网的线/正系在儿子放飞的风筝上/这无伤的轻叹,很快编入了风中"(《风筝》)。

诚如北鱼所言,"为了更无所用,我需要更多无用之物/成为驱动身体的按钮。"(《假期练习》)大海表面上看是"无用之物",但对于出生于海岛的诗人来说,恰恰是"驱动身体的按钮",更是他无法割裂的血脉和强大无比的基因。沃尔科特曾说"大海是一部史书""大洋翻过一个个空页/去寻找历史",他还宣称"我在这里开始,再次开始/直至这个海洋变成/一本合上的书……"(《另一生》),在此意义上,大海无疑能够成为北鱼的启示之书、无垠之书。

诗集《江海有信》由"潮间信""少年锦""劝降书""空城略""云中寄"五辑组成,题材和手法多样,给人一种弥散性、声东击西的阅读效果,不乏差异性的表达和多向度的探索精神。这些作品中,我印象最深的,一是写大海,二是写现代城市生活。

"登陆"后的北鱼,是城市生活的观察者、体验者和思考者。与波德莱尔"巴黎的忧郁"的单一色调有所不同,他书写的城市更为多元、多彩;与拟古、复古的"新古典主义"写作也有不同,他是城市生活的接纳者、包容者——一个开放的主体,一个"现代性"的接纳者,同时保有怀疑、批驳和警觉。

场景与画面感,日常性,对有限性的细察,荒诞与魔幻,沉思与低语,具体而微的切入点……都是这些作品的可见特征。《洗碗的过程》写得具体、生动,把一次日常家务劳动无限拉长了。如果大海是一种"大",生活与日常却是一种"小",由繁杂而琐碎的"小"组成,所以诗人愿意与蜗牛("慢的信徒")散步,"翻越软泥褶皱/在春草的嫩绿腰身,研习更慢",与草木交谈,"向曾经辜负的山水致歉"。北鱼诗中,充满了这种"大"与"小"、"快"与"慢"的变奏、辩证,而且常常是以小见大、见真情的,譬如对蜗牛的观察,可以引发如斯感慨和联想:

我制造的暖风,是求教的试问
如果我降速登至山顶,它捕捉到

露水折射的光,请问,时间能否
将一生计算得更长

——《早春,与蜗牛散步》

借由与"慢的信徒"一起散步,山之高低、风之冷暖、光之明暗、一生之短长,等等,在一首诗中汇合、交融了。它告诉我们,从"小"和"慢"出发,可抵"思接千载,视通万里"。

《地铁虫》《卡车驼》《高架求索》《绿植碎末》等作品有想象力,是"寓言体",也是"成人童话",令人想起卡夫卡的"变形记",又具有魔幻现实主义意味。"一条蜈蚣无止境地传送自己/在人类出行的时刻,它要表演/水泥般的假死。"(《高架求索》)"卡车驼认为自己是食肉动物/至少从前是或以后是。三十年前/一只卡车驼吃掉了我最心爱的小堂妹/也吃掉了我对卡车驼饲养员的好感/他们是食肉的一部分"(《卡车驼》)……在奇幻的、魔性的、诡异的、变形的"无边现实主义"中，一座塔吊浮现出来，不，是闯入进来，像一个"瘦巨人"，成为"现代性"的缩影和化身：

那么瘦，如何拉起
钢与石的笨重？高楼不再为劳力担忧
那么瘦的父亲，双臂也曾一边一个升起

日与月俩兄弟……

——《塔吊黄昏》

北鱼的现实触角是敏锐的，表现出感官的开放，对多样性和新事物的好奇，对经验的超越。他在城市生活中辨认时令节气——《早春，与蜗牛散步》《初夏，摘抄金华路》《立夏，过半山娘娘庙》《仲夏，访清风馆》《秋日，登山有悔》……他用一种"自然视角"重新打量、审视城市生活，这时候，他发现城市中残余的"自然"不仅是一种教诲和提醒，更包含超越经验的可能性，"它的开花/更像是一种偶然，在生活的经验之外"（《植物的可能》）当他"心疼比纸更薄的土层，心疼植物的根和虫卵"，自然向他发出的不是"久在樊笼里，复得返自然"的召唤，而是一封落叶送来的"劝降书"："但我也是递去橡皮擦的一个/可能还是斩茎、妄食、屠戮的一个//叛逃的，藏匿在登临者名单中。落叶/如钟声，自山的内部向我发放归降凭证"（《秋日，登山有悔》）

序

北鱼有潮汐来信、江海来信、云中来信,"独饮者撕碎云中来信,滂沱降生为尘世的/前缀词。"(《雁江夜饮后序》)"滂沱"一词用得好,降生到这首诗中可谓妥帖、恰当,它不是"酒后,睡意接近悬空"的状态,而是体现一种清醒和自觉。"滂沱"作为"尘世的前缀词",是对现实的精准描述和对"现代性"的深刻洞察。

众云列阵,从头顶飘过
哪一朵,才是蔚蓝的心脏
我抽骨引弓,射向成群空旷

——《引弓》

《引弓》是这部诗集中最短的一首诗,只有三行,但内蕴饱满、元气充沛。它何尝不是关于写作的一首"元诗"、一个隐喻?诗歌又何尝不是"抽骨引弓,射向成群空旷"?"空旷"中有大海和远景、大地与人,从大海到大陆、从逃离到栖息,他的变迁是"引力在悲喜之间娴熟切换"的变奏,也是小我与大我、个人与世界之间的切换和变奏。立足此在和当下,并继续拥有大海这个启示录式的背景,这是我对北鱼生活与写作的期待和祝福。

是为序。

2023 年 7 月 24 日于杭州拱墅

目录
CONTENTS

第一辑　潮间信

潮汐来信　/　002

扶　摇　/　003

蓝　/　004

台风，或忌日　/　005

鱼声马达　/　007

蜡烛台门缩写　/　009

林场速忆　/　010

入　口　/　011

归　港　/　012

寻　鹿　/　013

风吹成束　/　014

016 / 重　逢

017 / 不要宣传大海

018 / 别金华路

019 / 过江东

020 / 夜幕初临江东村

021 / 东沙湖拾影

022 / 围垦雕像

023 / 窗边有棵桂花树

024 / 听琴湾学艺

025 / 挧鱼纪录

026 / 青六路小公园

027 / 隔江见伍子胥

028 / 8号线

029 / 给银杏的致歉书

030 / 我的大运河

031 / 小　满

032 / 柳　岸

033 / 私人流水

034 / 湖　泊

第二辑　少年锦

036 / 少年纪元

目 录

礼　物 / 038

与子说 / 039

融　雪 / 040

写十个名字 / 041

吹蒲公英的少年 / 043

风　筝 / 045

鳑　鲏 / 046

折　纸 / 047

平行线 / 049

带母亲去医院 / 050

塔吊黄昏 / 051

春天了 / 052

洗碗的过程 / 054

植物的可能 / 055

自来香 / 057

瘦阳光 / 058

三十五岁，或惊蛰日 / 060

梦回忽闻大雨声 / 062

别　园 / 063

假期练习 / 064

闷　热 / 065

七塔寺有感 / 066

067 / 新办公室观察

069 / 近中年赋

070 / 中转站

第三辑　劝降书

072 / 雁江夜饮后序

074 / 暮春三月

075 / 早春，与蜗牛散步

076 / 初夏，摘抄金华路

077 / 立夏，过半山娘娘庙

078 / 仲夏，访清风馆

079 / 秋日，登山有悔

080 / 雨夜，读《凝碧池》

082 / 霜降次日

083 / 薄雾，登半山

084 / 雨过，访显宁寺有感

085 / 清晨，去看塔里木河

086 / 蔓　草

087 / 凡　间

089 / 晨　雾

090 / 运河南

目　录

泽雨庭院后记 / 092

无　心 / 093

弯　曲 / 094

天池宴 / 095

桂花落 / 096

矮雪葬 / 097

峨眉雪 / 098

阳光照 / 099

秋风寄 / 100

借茶去 / 101

引　弓 / 102

不死火 / 103

归降门 / 104

蜗　牛 / 105

与草木交谈 / 106

第四辑　空城略

樟树下 / 110

蛛　丝 / 111

四只桶 / 112

公路鸟鸣 / 114

115 / 地铁虫
116 / 卡车驼
117 / 高架求索
118 / 绿植碎末
119 / 落　红
120 / 丽江行
124 / 巧克力工厂
125 / 歌手时刻
127 / 上塘河抒情
128 / 黄昏下的冷凝塔
129 / 过祥符桥
130 / 云山谣
131 / 短居元素店
132 / 仲夏解密
133 / 缺　月
134 / 取名上塘河
135 / 一则新闻
136 / 天体运动
137 / 楼顶花园
138 / 桃源即兴
139 / 沈半路蝉鸣
140 / 夜袭湖州街

目 录

康桥花海 / 141

西塘窄巷 / 142

青核桃简史 / 143

望宸阁借风 / 144

第五辑　云中寄

弥陀寺路 / 146

沙 暖 / 147

云的轻 / 148

湖风日记 / 149

静庐听雪 / 150

花溪与尤佑同舟 / 151

春草于斯 / 152

小 雨 / 153

晓 明 / 155

入蜀记 / 156

河姆渡博物馆离赠 / 157

童谣之夜 / 158

独城不独 / 160

黑冰激凌事件 / 162

慢 送 / 163

164 / 寄纯真年代

165 / 月离港

166 / 会安阁侧记

167 / 凌晨两点别卢山

168 / 离别现场

169 / 雨　见

170 / 云　中

附录一

178 / 北鱼过江东　　卢　山

183 / 北鱼：未曾离开过大海的诗人　　尤　佑

194 / 诗的幸福伦理学　　楼　河

212 / 从相似慢慢生发不同　　纳　兰

附录二

217 / 短评

江 海 有 信

第一辑　潮间信

江海有信

潮汐来信

来时速写的追忆片段,多年后
如假消息淤积在喉,沙滩卵石堆叠

未能寄出的信,又高一尺
快要超出我的强度了

而肌肉松垮,缘于我咽下难以消化的诗行
我说玻璃碎片,你要继续对瓶口隐瞒

像大海隐藏更深处的蓝
告诉世人的,唯有吞吞吐吐的海岸

扶　摇

大鱼的子孙搁浅在海滩，微风
从背上经过：不熟悉的感觉

儿时，我常见木头船被礁石吸住
危险埋伏在退潮中。渔民们成群赶来

把竹竿架在浪涌的支点上，一、二、
三……马达声又开始振动海平面

那时，我不知道世上曾有过庄周
十年前，我第一次誊抄了飞机降落

鸟群规避航线，船只装载台风预警
站在平庸的岁数上，只有手机屏幕供我

眺望。有一天，我想把骨灰运回故乡
风很轻，云朵像一团团赶去上班的人群

蓝

天空的古老姓氏,潜泳的
第一道痕。当我向自己靠近

空气稀薄,雨和血的颗粒
如星球浮动、撞击。始终有

更小的裂缝,令引力在悲喜之间
娴熟切换。我因此而多变,因此

喜欢所有蓝:在鸟背,在鱼腹
在汽车观后镜意外的反照

台风，或忌日

每一次浪击，都是大海在疼痛
接近于妇女难产，渔民善泳
却窒息在思亲的浪花中

他们已不能再收缩。然而
风速像命运灌入空瓶
将迷路的鬼，推进盐里
身体装入沙粒。某日
我踩醒一个满脸通红的人

他站起来，说出了我祖父的
名字和酒量。他看着我
像台风眼看着暂时的宁静

我害怕，一路逃跑
从船舱穿过，是我父亲的船

从烤船的火堆经过,终于,跑出了
惊梦。那日是我曾祖父的忌日

他的亲人烧着纸钱,小声念:
学校班级学号,考试日期和地点
母亲让我写到红纸上,在昨夜入睡前

鱼声马达

鱼声马达就安装在我背后
无形且没有触感，类似于潜水艇
沉入大海，和鱼就没有了区别
由于回首和触礁同等危险
我无法得知它到底有何用途

和你一样，起初我也怀疑
是一台过去的探测器。当它嗒嗒作响
故人的信就从云中飘下来

但是，嗒嗒嗒肯定不是鱼的原声
而是木头船在日光下的取代

未来款减震治疗仪也不对
技术性消音不可能升级至永恒
失声不可能替代失忆成为关键病

江海有信

那么就只能对应到现在了
假设惯用的排除法成立

那种紧紧跟随的瞬间消失
是存在的。当我得知
背后的海沟仅仅是它发音的声带
也就知道了,我这附着在表皮的
薄片。有时我后悔且惧怕这种发现
担心它像鱼鳞一样将我刮下来

蜡烛台门缩写

是海神,还是更古老的风
将蜡烛吹熄,又点亮

是谁在我出生之前
预设了村口的祭台。那座安在

海上的门至今未得一见。但我确信
我经过了。一股几经折叠的愿力

将我传送出童年,又以荒芜的速度
关闭了回流的甬道

是月光?还是更遥远的马达声
将蜡烛台门擦亮,又隐藏

江海有信

林场速忆

大瞿岛尖有林场，有杨梅树
可以站着摘，有水库可以看水底
有海风，从最高处吹向乱蓬蓬的头发
有练兵场，可以关掉明末沿海的喊杀声
有集体宿舍，可以讲不久前发生的事
有听涛亭置身事外，写对联的人可以不署名
有日落的担忧，但不远处的岛
有更神奇的工具，将晚霞一一收留
有多年未修的山路，可以阻拦我再次登临
有高过人头的杂草，远与近都收割不尽
有一座老村正在失忆，好心劝我
不要去、不要去

入 口

万亩茶园,在一个白瓷杯的
出口,与我相见。茶叶如舟横渡
八十摄氏度水面。某类沉睡
有专属的解,恰如我在某次会议上
专注于杯口上升的热气。我曾想
在岛的顶端种植桃林,写诗
做游客生意。渔民们褪下黝黑和汗臭
采摘尘世中的仙果。到那时
风浪会静止,云雾将弥漫至山腰

江海有信

归　港

仿如潮令已至
码头的磁极翻转，牵引
渔船掉头。不管渔获如何
那一刻，归港胜过了一切愿望

当我回想这一幕，仿如幼年的我
站在码头等我，等着翻看背包
倒出玩具、书和几个硬币。他很记得
出航和归港，应该在同一天完成

假如回忆即是动身，大海欠男孩
一次解锁的呼吸

寻 鹿

在我出生的村庄,并没有鹿的传说
而当她远远看我,仿佛我躺在鹿的背上
走了很长一段。不确定是梦里
还是很久以前的现实中

回想起来,我应该没有在那里见过她
四面海围猎了我离开的岛。我记得
退潮后,礁石像牛像雀像仙人片刻停留
留下的脚印。唯独鹿没有踪迹

在关于鹿的绘本上,我找过
在动物园围栏外,我差点追上她的转身
还有刚才,在一号地铁的第三节车厢
海雾也好尘嚣也好,愿她不要将我找到

江海有信

风吹成束

——十二妖祭

吹醒海港的风,曾将我们
吹拥在一起。我们代替青翠
寻访老渔村、翻阅旧山岗
在荒草迷茫的无人岛的顶端
十二朵浪花倚背成束,像火炬
以盐和口哨,挑亮游离俗世的星盏

但,更大的风将我们吹散
没有脚、不自由的狂奔
而抗拒的反力施以重压
我们各自落地、弓腰,未等站直
又趔趄……忽然有一朵

落回了海上,我来不及援以咸涩
又忽然裂空巨响,击落

快速飘飞的花瓣……我远远看着、看着
灰雪零落,没有出声:替她忍住撕裂
但,我们终究无法相互替代

甚至无法替一株狗尾草委身于乱石
请原谅我,轻描的疼痛
请原谅我,关不掉的失眠
因为曾有风,将我们吹到一束
因为我时常在风紧时掉头、呆立
像花已落尽的枯枝

江海有信

重　逢

心跳得那么快。像一行诗
从左边开始起伏,深夜微涨的波涛
细浪轻抚藤壶的裙摆。一块礁石
因我还乡而醒来:是时间的坐骑
在沙滩飞速地写着。那是多年以后的事了

当我坐进月光缝补白云。她依着
微微发亮的我,在潮汐的分行里
温习从前的长信

不要宣传大海

最好不要问归港的渔民
不要在宣传大海的框架内
搭构你的沉思。更不要问我

一个在海边投寄童年的旅客
海浪起伏……这样一条
蓝色被单,盖着鱼群和溺亡者的鬼魂

江海有信

别金华路

这一次,不再是雁回与春归
不再有秋阳临冬的梧桐铺叶相送

这是单行线在告别,乘舟
过江陵的流速,洛水盼顾的迟疑

从布匹上裁下数个昼夜,有我
穿梭在金华路的纹理。不甚娴熟的

针织技艺,是我能赠予大运河的全部礼物
相比于带走的,仅是微风拍了一下阔叶

过江东

项羽不过我先过。生活的分身
仍在追赶分裂的我,班车比舟楫迅速
江东大桥如针穿夹在两片肉中

无法复盘的昨日政变,我的故国旧臣
今日守摊的中年人。凡夫东渡
唯有不确定的余生在击鼓

江海有信

夜幕初临江东村

顺着夜幕的滑坡,我落入了
稻田的口袋。风从江上来
带着咸湿记忆的透明颜料
加入伴奏的,还有几撇留云

这一场,应该是画师和舞者的
酒会。而我坐在诗人的切面
一种倾斜的透视感逆流而上
我知道,那是旷野的笔力

劝诫曲谱,就藏在环村跑道左侧
我必须把这些音符学会,沿着音阶
回到画布的顶端。坐在这里
我离星空,只差一个静逸的图层

东沙湖拾影

喜爱西湖，也喜爱东沙湖
非著名的人工挖掘，并不影响它
拾取我的倒影。湖边植物如我一样
喜爱风吹透身体也吹乱湖镜，喜爱抛石
打碎的失眠，因善良而保持着敏感的
水波。未拍卖的田地里，农民仍在耕作

有时很快，有时又无事地慢
我怀疑是我身上不规则的圆：指针
一脚泥路一脚石阶，描绘着湖岸轮廓
是白居易还是压路机？豆娘不会追问
它的羽翅正轻透地融入湖景

当水草们升起腰，东沙湖将我的行迹
看在眼里，每一步都像时间
在钟表上卡位。它的心感受着外形
稍远处未开盘的楼群，脱离了它的视野

江海有信

围垦雕像

往大海的吐息里填土
挑着畚箕在潮声边缘谈笑
他们的雕像渗着汗,一口气
凝固在铜里。我从静止中
经过,一个停顿的浪
将我拍上肃穆泥滩

不是我非要留下,是潮水的
吸盘,围垦地带未熟的玉米秆
发现了消瘦偏方。暮年岸边
我和石匠,有另一座磨骨的约定

窗边有棵桂花树

准确说是一排,沿着迎康路
与十八号综合办公楼的垂直夹角

往别处站过去。只有一棵
和我产生正相关,仿佛花期

愿意为我提前到来,而花香
可以整窗整窗往里搬运

凑巧我的谢礼只有一份,不用
敲碎了到处分。你不要在电话里一直说

一直说:桂花也会香到其他人
儿子喜欢你抱,我能怎么办?

江海有信

听琴湾学艺

没琴。弹奏者在夜晚的胯部摸弦
不精通。不必有听众隔墙侧耳
曲谱未全。半首即兴偷师于
月下的嵇康。黑胶自录的
独处时刻,左右手的相互欣赏

往生访客约我谈谈明天的
几行诗。而似乎另有一只手
从虚空中探出,指甲没剪

在电视机前画了几个圈。之后
没有神奇发生。小区的静逸致幻
停留于拆解名称的半小时。最终
没有真的琴,偷听的人仍在他的前世

抲鱼纪录

当潮水挑起舌尖,伸向沙质的碗
一条白线向江口移来。那是我
未曾见过的漂浮起跑线。他说

在浅滩边觅食的鱼,会被拍晕
在浅滩……他转身跃入潮水的牙缝
从巨鲸的吸力下抲捞失去泳姿的鱼

那时没有"远离潮水"高音播报,也没有
"珍惜生命"指示标牌。只有哑声
潮汛枪,一堂"冬天也要全脱光"常识课

他越说越详细,说到了单日抲鱼纪录和
几个被带走的人。我没记住数字和名字
只顾埋掉鱼鳞,在接近失忆的浅滩

青六路小公园

一个熟练的转角,在青六中路
与江东一路接头处。正是这两条路
合制了闲暇,令我无意的经过
宛如蹚着一条小溪,溪水流向路边的田

我所见的森林仅有几棵树,我清点的鸟鸣是
一袋虚构的领空。落叶反复练习
抛射地铁站的靶心。此时,多么需要
一块石头或是一个朋友,在小公园的出口

隔江见伍子胥

江潮因你而怒,往后数个朝代
白头浪一波接着一波。泥沙无尽
渗入长流肉身。而美人的湖水依旧
娴熟把握着清晰度,是你未曾料见的
美颜相机,倒影中仿佛人人
心魔已去,美得不像自己

不瞒了,我也是此类病患
向过去复仇的肝胆接近八十岁
找未来索取的脑浆反倒像个孩童
听说你身上有药,还说要拌着江水服下
我再考虑一下。考虑一下。你看
一湖消暑莲藕汤可以现买

8号线

蜜蜂跳舞的数字8,足以嘲讽我
翻页的转折短路。但悔否
仅仅是抒情主观题,日常独享地铁专列
才是后半生搜肠的填空

迷路的题干具体且清晰:一次是
青西三路的菜地,因防控需要
触发了提前下。另一次是酒后写诗
末班车到新湾站才叫醒我。然而

回忆显然没有复习那样的解题功效
不明缘由的事消耗着剩余时间。也许是
早年没存差生经验,关于一条直线
为何产生两头厌烦,我想请教蝴蝶先生

第一辑　潮间信

给银杏的致歉书

我无法还你深林
有负你，饱满的借喻
也无法给你整条江东二路
有负你，移栽的笔挺

有负你相邀留步，我的注视
只到了你的腰，几片心形叶子
和头顶的阴晴。有负你
向天空传话，鞋底注满噪音

我没有什么可以还给过去
桦木的直尺，办公的松柏桌
枯萎的文曲草笔套。正如
你难以归还那些爱慕与沉思，唯有
纷飞，可以随礼

江海有信

我的大运河

我还不敢如是宣称
不敢以异乡人的水性
潜入它浑浊的内部
我不敢挑拣它的重
过桥时只有弱柳、灯影
运输船的喘气声

我观察睡在桥上的流浪汉
目送夜跑的青年,如你所料
我没有真的发问。不敢
以异乡人的口吻
回应她交往的邀请

小　满

一桩没有记载的联姻。晚嫁的
新娘离开海岸,北上的队伍
唯有易涨的瘦溪流,替她频频回首

少年隔江相望。北风的小儿子
尚无力吹开眼前的迷雾,美人和山川
哪个更辽阔?他的封地只有八十九平方米

不久,他们生下了小满
在五月还剩三分之一,在忘记
和续写,都适宜的日子

江海有信

柳　岸

伸得更远一些,斜飞
或是低垂。柳枝超出的部分
和我看到的大海相似

我熟悉大海,拍击或是抚摸
它反复试探的,不是海岸
而是自己的边

私人流水

这万众之河,此刻
正被我独自浏览
不知名的鸟飞过世界遗产
无限时光,留给我羽毛一片

晚风差一点将我掀翻
在旧事的私运码头
搬运工撬开一件新货
夕阳牌水果糖,使用前请搅拌

我支付了几块碎黄金
在树荫下,写一封流水的信

江海有信

湖　泊

他意识到自己
进入虚构
但没有马上离开
他把背上的杂物放下
用手试探了一下虚无的湖水
他把脚伸进去的时候
一股冰凉，凭借经验
咬住了他。他意识到自己
触碰了核，就像在睡梦中摸到
水草的腰。他没有站起来
而是把结局交给即将翻起的巨浪
瞬间脱离或永久留下，他都接受
但是这一次，湖泊沉静
直到天亮把他从失眠中提取出来

江 海 有 信

第二辑 少年锦

江海有信

少年纪元

他用勾线笔将两条直线之间的
空白填充。此刻,这道光
正以足够饱满的精气投向黑板

在欢喜的反射里,老师的长头发
和说话时的嘴角上扬,被他收入画中
前排同学抢得答题权的片段

是偶然观察,还是已写入大脑皮层
主管长大的领域,他未向我明确透露
"我很好奇,但是很快乐!"

这是他上小学第一天的构图
他端坐的姿势,坐在偏后排的位置
与我儿时的认真和想象如此相似

但作为新的史诗,我知道
他是不同的作者。我是他年少时
创作的角色之一,不够熟练的语句

江海有信

礼 物

阳光不远万里而来,为灰色
柏油路镀上黄金。零维空间的礼物
在树荫分割的平面随机拆合

车辆、行人,走失的宠物
垂直穿越,包起、松开……
仿佛没有发生。唯独我抬头以回赠

推门时,儿子迎面而来
"给我读读你写的两行字"
是一张揉捏过的废纸,有着未完成的

纸飞机的折痕

与子说

有时真不知从何说起
说：大海没有边
幸运的是
我有一座岛，你可以
用折纸船抵达它，也可以用蒲公英

如果被允许，我希望无风
或者仅仅是微风，登陆和降落
随机，没有负重也没有指令
一条巨鲸的起飞和停止

江海有信

融 雪

仿佛一种迟疑，散布于周身
预知我适应褪色的过程

雪是何时饱满起来的？当回望
比注视更需要一级加高的台阶

冷的用意清晰了

我和小小鱼堆雪人时，有人在空中
指挥。看着人间的一幕，他把融雪的

节奏，放慢了一拍

写十个名字

他老了会像奶奶一样
严厉的妈妈,把他从乐高
城堡中取出来,搭在天蓝色
椅子上,练习写十个名字

我正巧读完《标记》的第一首
在内包的阳台,回忆高考前
黄昏下的跑道足球。后来
叫王建国的,去了酒泉
叫周繁荣的,在老家的海风里
拾贝……最奇幻的是,和我
学业成绩相近的张思剑
从云南到上海,这小子还不结婚

而我的年幼时整日逛田埂
追蜻蜓的妻子,将我网到儿子旁边

江海有信

　　这株即将一年级的"小树",容易
　　被敲啄窗台的鸟鸣吸引,或者在写到
　　第五个名字的时候,邀请我
　　一起看两集动画片。我需要临时变异

　　把蝴蝶的思绪压到一只益虫的体内
　　紧贴着他,假意不知道
　　他的谜底,假装遗传的部分
　　能被不专业的指引所纠正

　　从第六个到第十个,他获得了
　　一气呵成的成就,在嗯的一声默许后
　　欢乐而随机抽取了一小时门外放飞
　　他留下一个蛹,在十片树叶
　　围成的房间里,从相似慢慢生发不同

吹蒲公英的少年

从办公楼到地铁站
我们谈起了植物的困境

围堵桂花树的狗尾草大军
种到花盆里可能就没气势了
而且不会变好看。把江东二路烤焦的络石藤
移植到我们家南面阳台,大概也要完蛋

"太热了,我快融化了!"挂水袋的银杏
终于让你有了更深的同感。而我
还不能把那个更糟的比喻分享给你
我只能把遮阳伞往你那边靠一靠

你却忽然跨到阴凉外面
"蒲公英,爸爸!""哦!"
那是我从小喜欢,如今舍不得碰的

江海有信

　　乳白。我知道你马上就要吹它了

　　真的飞了。蒲公英的种子如你所愿
　　欢喜那么明显，却藏着
　　我观察不到的，已经忘掉的
　　花瓣。"你小时候玩过吗？"

　　我也是这样问的。那天没那么热
　　我们从海边拎着一袋鱼回家

风　筝

记忆模糊，是否缘于
吹过脑门的风？这无痕的刮伤
让渔村一帧帧关掉虎皮色
让我和大瞿岛的关系出现裂痕

仿佛与过去交谈的可能
正被吹远，我急于寻找那根织网的线
正系在儿子放飞的风筝上
这无伤的轻叹，很快编入了风中

江海有信

鳑鲏

鳑鲏出生于虎山水库,为它们造景的
是良渚文化遗址公园的鹅卵石
团购的储物箱,漂去故乡属性的自来水
准过期饼干,构成自足的四角户型

某日,儿子放进一截塑料水管
这意外的所得,仿佛增加了它们
生存的宽度。鳑鲏安身于宽敞的圆柱
新房里,饿了,就去方形的世界

折　纸

凌晨一点二十三分,他取出
一张信纸,小心裁去多余部分
对角刮出第一道折痕。窗外

猫叫与啼哭,如飞蛾冲撞着透明
第五百六十七遍,他小心确认人物
地点和时间,陡峭的山脉翻起
又被他推倒、捋平,仿佛是爬山虎的手
摸到了去年二楼的木窗。风吹来
绿叶摇低镜头
沿着折痕倾泻。他没有去拨
他继续折。后来,我和我儿子

找到了一段视频。下午三点二十一分
我们坐在沙发上,学习折纸
一双手,正方形纸,熟练的步骤

江海有信

　　播放七百六十五次,点赞零

　　儿子推拉着千纸鹤尾巴,在空中飞
　　我想备注几个关键词,便于以后检索
　　如果有一天他掌握倒叙,愿他不要像我
　　写信前,没有收信人的地址

平行线

我为他买了新尺子,两块钱
在课堂上,可能他想象出了新的领土
在完成某条直线之后
他丢失了上一把。现在他问我

是不是有另一条直线,永不相交地
出现。这条高年级的公理
提前落入他疑问的水池。我曾沿着
他母亲那边,向空白处推移一小步

他快要发现了。他画的直线
如此相似而不同,就像镜面提取了
我们一起刷牙时的牙刷。那么多
直线穿过,证明他还不到理解曲面的时候

江海有信

带母亲去医院

她跟在我后面,步频有点急
我尽量慢些,尽量不让她的身影
缩小。"跟丢了,找不到!"
这句台词,曾在早前的电影里出现过

一个母亲对孩子说的,现在被我借用
但我说得很不熟练,转身拉她的动作

也模仿得不好。如果有剧本,应该很厚吧?
而我摘录的一页仿如手中的病理单

如果没有剧本,我会比她更紧张
医生让我签字,我可能会忘了名字

塔吊黄昏

偶尔它会吊起一轮落日
为下班人群制造黄昏延时
我也在人群之中,从沈半路左转

至北秀街,旁观者的另一个角度
余晖磁场泄露的情感乳浊液
浮力微弱,勉强搀扶着瘦巨人

渐入夜色。那么瘦,如何拉起
钢与石的笨重?高楼不再为劳力担忧
那么瘦的父亲,双臂也曾一边一个升起

日与月俩兄弟。从前,他抛撒渔网
跟大海练习拔河。后来,我望着一座塔吊
衔着月牙,在睡梦中寂寂无语

江海有信

春天了

春天了,所有杂乱的
都应该被原谅。我们决定
一起打扫房间。在城市

密林,我们分到的阳光不多
但多年收藏的轻音乐,送来了
莱茵河的碧波。我把地拖

放进蓝色水桶。当地板
被拖洗两遍,我坐在床沿
欣赏亲手制造的干净,听你

一边晾晒衣服,一边取笑
我的文弱。"春天了
旧地板也应该多补补水。"

春天了,两只雀鸟
在窗外挑拣树枝。它们的
争吵,将由新鲜的树叶原谅

江海有信

洗碗的过程

不确定的擦洗弧度,恰如
午后,草叶坐上绿意的秋千

碗、木勺子、鱼肚残存的砧板
尚有剩饭的锅,儿子专用筷

入水的次序,是否有另一种编排
是否有遗落,可作为插叙

让洗碗的过程,完成一次节约用水
洗洁精也可以少用——偶尔抽芽的自然观

像我对母亲的回报一样,稀少且无用
除了继续做她的孩子,我一无所图

当我开始打捞湿润,她从我身后
递来一块拧干的抹布

植物的可能

后来种下的花草,很少
茂密起来。有些是另一侧
阳台的光照不够长,浇水时
没有区分植物的习惯是另一种可能

即便是和它并排的草莓、癞瓜
和百香果,事先培育出花朵的风车茉莉
我们也没能再次用上,一枝玫瑰枯萎
重新长成玫瑰的经验。仿佛这不是经验

我没有记录,水培鲜活的天数
不确认是谁,将它插在荒弃的白瓷盆
儿子又是如何发现枝条上长出了
绿芽?这两年我只记得为数不多的几个

早晨和黄昏。几次不太激烈的争吵

江海有信

　　几次种哪种植物的谈论，还有
　　没有言语的窗台望远。它的开花
　　更像是一种偶然，在生活的经验之外

　　而这种偶然，在很久以前的
　　我们身上发生过。在另有记录的
　　渡海的午后、盘山的夜晚。在你
　　等我的车站，几个离校的同学蔫着头

自来香

今晚早归,为你煮面
自己小贪一口。向来没有手艺

全凭食物自来香,几片菜叶
随手晃了些盐。现切的五花肉

到底配不配鳗鱼鲞?记忆里
似乎有这道入夜的菜谱:

细粉丝的香,将我从被窝里拔出
掺着近乎争吵的悄悄话,我又陷入了

另一个梦。尽管没有找到
我已不再翻寻。所有的秘方都可以

消失了。面熟了。
一碗端进卧室,太淡的话

我去取酱油。

江海有信

瘦阳光

早晨七点,我醒来
一束瘦瘦的阳光赖在被子上

数日前,我们搬进新屋
四周半的小郑和它做了好朋友

他躺在床,让我帮他晃动窗户
一束反射光陪了我们一上午

九点左右,它会走开一会儿
这是我爱人的发现,我和她等到了十点

它又回来了,还是瘦
但已经是直照,从两幢楼的缝隙

十一点,我母亲进来整理房间

她没有什么发现。可能是

再次被挡住了,也可能是
她的瘦身子收服了它的懒散

江海有信

三十五岁，或惊蛰日

我声明：拒绝惊喜
对惊慌只能报以歉意
我可能准备不仔细
但一定是熟练而有质量的

不要给我暗示
明说的话里不要有针或者胶水
我的生命并不陡峭
别人的山峰未必是我的抵达之地

我尊重每一个行路者
反对一切不劳而获和劳无所得
我几乎不闯红灯
对开车的人报以同样尊重

我开始和爱人谈论人生价值

对牺牲投以更多的敬意
对破坏者的憎恨与日俱增
这是十五年一遇的统一

我们决定主动压缩交际
不喜欢的人示以谅解和不热情
挤一挤时间，让挚友离我们近些
让家庭在祖国的心脏里无限小下去

我们对历史报以唏嘘
但总能从家庭的过往里
做出今后的决定
我们宣布：核心是五岁的小顽皮

江海有信

梦回忽闻大雨声

是半睡半醒的夹生梦,在惊厥的
中年前夜。雨中的缝纫机

紧张得,像被罚跑的少年围着操场
塌陷的脚步声,就快要吃掉他的脚了

除非能跳起来,顺着雨线
找到虚空熔断的元件。但……

她的手松开了我的发条,拯救
行动,没有制造流血事件

是电路劳损的街灯,不规则的
信号,在天花板上打滑

别　园

偶尔，会有一只鸟提醒我
我的匆忙惊扰了它
但更多时候，是一片落叶
落在绷紧的弦上

几乎是一把哑琴，六七年来
它弹奏的无声，常常让周围的夜色
凝固：像水泥浇筑的路面
我无数次经过，都没有像今天这样

注视它。现在我知道了
这是一只布谷鸟，在荷叶木兰上
跳转。落叶也是，我仿佛
在别处见过，但为何不记得

在金华路围墙和区政府大楼之间
我曾有过怎样的远行？

江海有信

假期练习

七日闲暇,我练习的清单包括:
计算晨光照进房间的横截面,测量
雨滴和吊兰摩擦的分贝值,估算
游客给城市拥堵打出的平均分

为了更无所用,我需要更多无用之物
成为驱动身体的按钮。光、叶片
捡垃圾的野猫。大自然的教室空旷无垠
每天开除一批有志青年

我选修诗,眼看要不及格了
忧伤哗哗浇到身上,温度和流速约等于
生活的夹角。儿子暂停古诗背诵
提醒我,别淋湿刚下水的纸船

闷　热

二十年前，这个词语
尚未抵达我的认知
雷云压境，脱皮的足球
在草皮的焦渴上继续翻滚

蜻蜓侧翼掠过眉梢，大雨
战略空袭。反击以一记临空
抽射，对话饱满而圆润
雨滴触碰球面溅射的飞行记忆

直挂中年，无人把守的大门
肩周炎令我形同虚设。没有风
桶洗的衬衣宽大且沮丧，如同一张
单方面意向书。换季协议中没有提及

江海有信

七塔寺有感

我做过一个梦,一座寺庙
深陷写字楼的包围圈,好比
一个诗人手提公文袋。现在应验了

应验的,还有整件事的主动性
七塔寺端坐在四周的繁华里,敲他的木鱼
讲他的经,"做一天和尚撞一天钟很敬业。"①

我读过的少量经书,提过今天的事
佛祖坐在菩提树下,信众从四周赶来
有一次七塔寺给路人发腊八粥,我梦见我经过

---

① 本句引用自诗人马叙。

新办公室观察

同样是方形。但工匠的刀痕
常常隐秘着时光的起落

我见过这样的过程,他在西北角
刮开一条缝,某个名字便呼吸起来

现在,我来到了一个房间
地板的材质、桌椅的朝向

文具和电脑的牌子,都是我熟悉的
包括进门浇花和收废报纸的人

他们一楼层一楼层移动
一个一个地搬运房间,水桶和纸堆

阳光照进窗户的斜角

江海有信

    仍然无法证明它的新

    直到下班的铃声在六点整准时到来
    同事们挨个打着招呼离开

    我轻轻摸着墙壁,沿着一条
    凹凸有致的沟壑:找到了开关

    你大概猜到了,最后我找到了一扇门
    连着久违的金色黄昏

近中年赋

我开始注意老的细节
点上烟,抽两口
就灭了。我有意掐灭火焰
途中数次安慰灰烬

一个熟练的果农。他喜欢果花
因为果子使秋天饱满,他摘除慢的
因为春风不会迟到。假如一粒种子
掉队,请让它,不要再追

我的选择,别人都练过
清晨偶尔弹起火星
迟来的星辰,无痕的轨迹
后来相遇的人,我并不是不喜欢

中转站

下沉。上浮的感觉仿佛
一根钓绳,钩住衣角
钓我到那边去

脱掉棉外套,被子盖两层
儿子翻身,一只手搭在我胸前
这边忽然也提了一下

我就在这中转站,闭目、做梦
像一条鱼在帆船的另一个横截面。旷野上
一个骑小电驴回家的男人

江海有信

第三辑　劝降书

江海有信

雁江夜饮后序

酒后,睡意接近悬空
十八楼推窗,陌生感速降
街上各式灯光顾自招揽。在雁江
我刻意翻找字行里的雁阵

雨水稀释醉意,啤酒灌溉相识
一圈一圈的互敬,如同涟漪
在沱江立面,互赠交集
总有一杯,要为分散作序

这一杯,应当称为孤杯
像一只鸟被单独写入寓言
此时,硬弓要死死锁住
放归山野的人,让他口干、眼涩

手中有绷断的弦:呲呲炸响的白沫

独饮者撕碎云中来信,滂沱降生为尘世的
前缀词。我坐在床沿醒酒
枕套上针织的蝴蝶调动夜色长焦

江海有信

暮春三月

多雨富有黏性。当柳枝轻触
今天的莺啼,而我倚着仿古桥墩
量产的石雕,尝试吟诵《与陈伯之书》

多雨制造了许多打滑。比如
送木舟到对岸,送节气去换潮服
送我……进入故国的名册

多雨将我贴在南方,一面长草的
断墙上。有时是一只蟋蟀
有时是,潮湿的、容易掉落的早晨

早春,与蜗牛散步

慢的信徒,翻越软泥褶皱
在春草的嫩绿腰身,研习更慢

算算,它曾以相同的步频,从深夜
走出来,是什么,将重力从壳上取下

森林公园山路微倾,我在大口喘气
在蜗牛的观察里,稍作休息

我制造的暖风,是求教的试问
如果我降速登至山顶,它捕捉到

露水折射的光,请问,时间能否
将一生计算得更长

江海有信

初夏,摘抄金华路

争艳时分已过,植物们
松开拳头。梧桐树似有大悟
五指舒张,待与每个经过的人握手

因为绿荫的缘故,我越发喜欢金华路的
单向通行,就像一行字从左到右摘录
过去的海风,笔直向我吹来

立夏,过半山娘娘庙

暖风吹来,南宋的柔软在滑翔
养蚕人下山赶早市,渡船停桨靠岸
香客纷纷,青烟消解着靖康耻

求和的后半生,或许与此有关
换季协议的宣读时刻,身体里尽忠的
何止良将与名花。当妻子端上冷言拌热饭

母亲为儿子求得撒沙夫人的护身符
我的自悔书早已捏出了汗。而后攻诗书
不问余事,像赵构死里逃生

江海有信

仲夏,访清风馆

上午九点。蝉鸣与叶动
互不关注。我日常的订阅里也没有
许三省、钱琦、赵大鲸……坐在
馆里,他们起伏的一生,平铺于
一则投射的短视频。孩子们还不太懂

故事很短,另一个房间的
景点拼图有趣得多。我也不解
人怎么会被只概括成几个字
即便是蝉,在仲夏单调的叙述里
都有那么长一段热词。我走出大厅

来到阶前:开花的樟树,赋诗的
铜碑,陪主人晨练的田园犬……它们
都没有解释。我只能寄希望于风了
虽然刮过时耳根发烫。我信任这个
长久的写作者,在时间里翻卷的自觉

秋日,登山有悔

这是未来许多次中的一次,也是
濒临过去、遗忘、灭绝的一次

秋风拉扯着我目观山下的视线
城市群楼发育,森林退入保护圈

圈外散落几块空地,涂改的疤痕
我心疼比纸更薄的土层,心疼植物的根

和虫卵。但我也是递去橡皮擦的一个
可能还是斩茎、妄食、屠戮的一个

叛逃的,藏匿在登临者名单中。落叶
如钟声,自山的内部向我发放归降凭证

江海有信

雨夜，读《凝碧池》

夜雨如幕，在马蹄影院
重映中唐历险记。如此差评的天气

哪位朋友？寄来当期作废的入场券
我超速行驶、横穿马路，提鞋狂奔三十七层

从边门摸入肃静。寺中有滴水和木鱼声
你趁夜色脱下官服，点烛、磨墨

思念亲人。转身之间，你决定给皇帝写信
这份乱世保命书，是否有编剧参与剧透

有粉丝扮演先知？兵荒马乱的
谁有谁的准确地址？在种种暗示下

你选择群发，让关押你和解救你的人

都看见。然后,你坐回雨水打湿的

蒲团。静候更多观众,赶来
摸黑找到观影的位置

江海有信

霜降次日

秋风已钝。刺破指尖的
是换季的紧迫,缝补日夜的

断针。一些破洞在替我们叫喊
另一些已被打上补丁

而换季,使一件旧衣快速失去意义
冬日的车间赶工推出新款

树叶削价,毛皮附身
砍价还价,使原价失去意义

而我们害怕受冷,数倍于
寒冷的压迫,甚至没有压迫

薄雾,登半山

数次探访后,我得知半山
并无另一半。但有一个传说
系在山腰。我不知原本如何
经过几代养蚕人的口述,它现在
色泽略偏向于谋生的那一种。而半山娘娘庙
祈福之余,似乎也能求得姻缘签
不知薄雾是否有意,揭晓
预设的答案。当我慢行至山顶
扶栏思索的,已是午饭之谜

江海有信

雨过，访显宁寺有感

重建之前，显宁寺已度劫多次
比如，一棵树被雷击中
另一棵，缓缓咽下青砖
作为少数仍站立的部分，这两棵树
构成了旧址坐标系：大殿、僧房
杭钢疗养院的主体楼，位置清晰可辨

雨水，不会无缘无故来到人世
尽管多数如失传的经文
当少数雨水，将莲花鱼缸注满
木鱼声溢出寺院的时候
农民正忙着播种稻谷：清晰使我怀疑
作为俗子，我曾参与了某次重建

清晨,去看塔里木河

清晨,倦意尚有一小段弧
与塔里木河转弯的身形恰好重影

那么,把我剩余的睡眠给你吧
暂且卸下两岸的胡杨和城镇

用缓缓流淌盖住自己。横跨的桥
你可以在梦里拔掉栅栏。泥沙和雪水

我会分开谈谈。这当然不是易事
直到重影之间出现断流的古老语境

江海有信

蔓　草

当我开始关注草木，右边的
门就打开了，包括外部巨人的耳洞
以及更远处的 Z 形通道。新鲜空气

随时可能进来，直立在绿叶上
或者帮助藤蔓解读另一种可能
而花开似乎在另一个世界，但它们相互知晓

很显然，追问过多是不利的
我没有进入植物学的打算，我只是得证
背诵的几篇古文里，有些道理是对的

现在也还是对的。当我把它们种在阳台
声音就变得很近，仿佛没有经过别的
通道和门，直接挂在了晾衣架上

凡　间

每一天，太阳点亮、旋转
昨夜掉落的星藏在何处

当我扎入暂停的人群
红灯像月亮。暮冬的暖光

分摊在各式衣服上，似乎
要为平庸这个词语擦拭灰尘

我也是同样的人，爱着
所能爱的，在他们的旋转里

旋转，消失又出现
擦掉又重写。我能想到最远的

反复，是故乡的油菜花

江海有信

又向大海吐露了一次,而最短的

一生,是绿灯亮起
小电驴突突向前

晨　雾

这几年，雾与我
已失去互动的关系
樟树茂密的一侧，路牌

红绿灯，以及竖排的校训
置身其中，和在雨里淋湿
相同。晒干也一样

微小的区别只呈现于早晨
阳台植物托起的水珠比较轻
我们从未预见，哈密瓜在花盆里

拥有良好的长势。于是，我与他缔结了
同一个愿望。而雾松开我
回到平常天气现象的序列之中

江海有信

运河南

沿拱宸桥、江涨桥两端裁剪
她挑选了南方的一小段，用来缝制
我三十岁之后的皮箱

有时是满载的运沙船，有时是
月色与灯光互敬的水面
我的短途的旅馆，轻微的

绿柳迎送，都在潮湿段落里
而暖和的句中，我踱着刺绣的步子
去大兜路观习针织，去桥西直街

寻访老手艺人：他们擅长打磨时间
并在某次微小失误中，看见
后半生的剧透。我越来越留意

日子的反复,遗址缝合处的磨损
当我被安排为诗人,她的忧愁流露
一定就在这,笔触最深的一小段

江海有信

泽雨庭院后记

数日后,我重游至此
记忆的舟船,在落叶起伏间

微微摇晃。我伸手去接
秋风的缆绳。码头上时间的

搬运工,正把庭院的轮廓
卸下。那位主管踩着流水的步态

径直走来,从我这里签收了
诗人的吟诵和漫谈。从少女的

笔迹里,我猜出了一些邮件
还在到来的途中

无　心

我问落叶，你是否有心
成为一只飞鸟。当它从一棵树
落到另一棵树，它的轻没有
为它争取到翅膀。而春风
加速了撞向地面的危机的到来

春风偏袒着新绿，即便是灌木丛下
阴湿处的苔藓，也在趁机翻滚
吼叫。一个疑问托住了它
这是一棵正在发芽的夹竹桃
接住了一片，从樟树上落下的叶子

江海有信

弯　曲

理解这道题，似乎
另有一座屏障。当我伸手
去摸，或者干脆拥抱
一棵梧桐树的粗挺

我们谈论进化时是等高的
等同于站在同一秒上的
猫和蘑菇。至于从外看矮多少
我们很难进到内部去追问
很难判断，弯腰去捡一片落叶
或者舔一下脚趾，是否出于本意

这轻愉而暗自的降落，到底
从哪到哪？是捡来还是
流浪过去？我仰头看
天，是一张落叶纷纷的白卷

天池宴

天神请客,邀我共饮辽阔
刀切山峦,云团清蒸
绿苔生炒沙砾。空无之香
引一行仙女下凡

席间,泉酒不断续杯
有山鹰穿梭于两界。我想
给尘世的故人捎信,除了池中
搬不动的倒影,我身无一物

可以相赠

江海有信

桂花落

一些桂花落在路边
细小的身子,陷入沥青
颗粒之间的缝隙

像吸在松糕上,一些桂花
落入我的胃。一些在汤里或水里
它们有着同样的香气,就像我

是同一个我

矮雪葬

我看见的,只有
树以下的雪
比周围建筑矮
比汽车的压痕轻

比我更珍惜眼前的风景
溶解噪音的时候
仿佛一群人在开垦土地
采集新鲜的野果

在褪去了攀附的尾椎后
它们开始从事物表面剥离
我看见:扫过的雪
向着白的更低处,又进化了一次

江海有信

峨眉雪

峨眉山上的石头,日日修行
雪一下,功夫就废了
菩萨让它还俗,把雪带下山

这一夜,石头再次上山
将月光投影调向一个瓶子
雪终于想起了一些事

这一夜,我喝着峨眉雪
终于想起我滚落时,菩萨给的
尘世口诀:与久别之人蓝白相见

阳光照

阳光照在高架桥上
一部分折往地面,另一部分
分给高楼的玻璃
我相信,故乡的灰瓦
也分到了,无限中的一小点

没有谁称过阳光的轻重
计较多或者少,仿佛一个虚词
一个家族姓氏,自然与社会
共用的火炉。它让新的一天更新
基于所有旧物的反射

不像那些伪造者,一点
火光,无限放大

江海有信

秋风寄

秋风送来第一份
快递,旧事进入促销期
很快会有第二份。在江南路
大运河小区飘云幢
我再次缝补漏雨的屋顶

一年一次或更少
为此设计了锦书和雁群
飞机和微信。人们始终爱着
从云中下载久违的消息

而我偏爱雨水的连接
缓慢的渗透。仅仅是因为引力
雨水,隔着天空和水泥
一落一落。我知道
又有一张云票,写上了我的地址

借茶去

事与事互不相让,拥堵的时间
比楼群更难撇清。我们骑上针线

直奔云雾和绸缎,随晨光
落脚御茶村。皇帝们都睡了

山与水依然是江南的布衣
无人追踪过往,无人醉挑未知

主人抱茶来敬,几乎当场诵诗相报
零落的词语间,必有拆解生活的秘方

江海有信

引　弓

众云列阵，从头顶飘过
哪一朵，才是蔚蓝的心脏
我抽骨引弓，射向成群空旷

不死火

长夜守旧,你吹灭烛火
那可能是:一朵二月花坠入泥中
一条河失去流向
一个肉身腐烂至七分

你看它暗淡、孤寂,像你一样
小心翼翼,惯于拨弄身影
你吹灭它,在长夜将你裹入深睡前
你吹灭它,关掉与死亡合鸣的闪念

这是你被流放的第几个梦境
大火奔袭过的山岗,无数废稿纸的墓碑
你差点被脚下的余温烫醒
是一行,你未敢告密的无形之物的暗语

江海有信

归降门

当一块铁发现自己正在老去
清早的露珠加重了这种感知

当风景的手终于拧到生锈开关
它意识到，消磨始终是契约的一部分

尽管轻微，尽管坚硬
草木的喘息，还是推开它与尘世之间的门

蜗　牛

它来到一株矮草的下面
昨夜骤雨翻起的泥沙
制造了旅途之间的褶皱

而此刻，水珠倒悬在草尖
阳光落在时间的慢上
它伸出脚，向一道垂直发起试探

江海有信

与草木交谈

步行至诗外。途中
误入余晖下草木的交谈

夏蝉被拒绝。呼吸
才是这场聚会的通用语言

绿柳轻举手,微风
扶着她,站到水中间

她低首回忆,独木舟
逆流而上的迎亲记

她倾身来问,诗中
娶了哪一世少女

我藏在良渚路牌后窃听

光的主持人揪出了我的长影

折叠而老旧的问题,无法硬拆
我唯有,向曾经辜负的山水致歉

江 海 有 信

第四辑　空城略

江海有信

樟树下

在我清早上班的路上
翠锦路和桃源街交叉的西南角
一排樟树站在彼此的绿荫里

我判断不出树的年龄,树下的
老人也不确定。他们习惯于
在晴好的早晨,从金星社区
缓步至旧日的村口,在儿时玩伴身旁
坐下,用方言插叙家常时事

寻常时,樟树与老人相互听不见
直到凉风寄来落叶和死讯,他们起身
为火化的时光送行;他们站在彼此的
身影前,熟练而缓慢地鞠躬

蛛　丝

起初，蜘蛛是有计划的
它成功绕开光滑面爬到弧顶
生物学的支点迎风撑开
像一台装载程序的机器虫

它没有休息，一行代码从腹尾敲出
飘闪于夜色高清屏。两行、三行……
直到其中一根解码粘住预感中的灯罩
它用力拉，天然与虚构缓缓靠近

缩紧在蛛丝的白色节点上。倘若不是
疏忽了时间变量，天亮时分不等于
夏季函数，写诗的手没有去调小电驴的
后视镜倾角，蜘蛛将执行剩余的本能
清晨阳光将提醒我留意，一张真实而透明的网

江海有信

四只桶

四只桶,农夫山泉和
局部猜测来自某萧字头水厂的
各两只。需要装饮水器
在家泡茶,工地饮水,都好用

四只空桶。怎么空的?你不能问
一个女人如何活到四五十岁
比起这个问题,此刻尖锐而急速的
语言喷射更令她有主场感

四只大空桶,逼着中年男人
捏了一把刹车。他脑海中
可能浮现"好男不跟女斗"
"遵守礼让是一种交通美德"
等丰富长句,然而在现场
他只有"你这样不对""不跟你吵"

第四辑　空城略

这些接近投降的陈词

他们渐渐拉开距离
四只桶，系得很牢
她赢了，她不是故意的
她越来越不放心，数次回头去扶四只桶
你能看到小电驴后座在抖动
几根细绳神经裸露
当你经过，甚至担忧它们的前后关系

江海有信

公路鸟鸣

柴油机轰响,重型卡车攻占主路
而山雀缩紧声带缠绕清晨小道
藤蔓系上我的耳根,像细爪握住
位听神经,几粒入世的草种。这件事

发生在初醒的窗外。隔着
久未擦洗的玻璃,噪音抵近
而鸟鸣趁势将我带远,沿着一条
没有路的路,去一处不常去的溪流

地铁虫

上班,是地铁虫的饱腹时刻
下班也是。这种规律支撑着它的生活
它的生活就是钻洞,进站,钻洞……
如果有诗意,那就是进站前的连图广告

外面的世界若有若无。应该是有的
从吃进又吐出的人料中,它幻想
直流电以外的味道,弥漫在另外一根
洞里?另外一只地铁虫咬着

闪电导管,进站,钻洞,进站……
幻想是浪费的。它只会在空挂
和每天停运前多看一眼,今天的
人料饲养说明书,好像换了

江海有信

卡车驼

卡车驼认为自己是食肉动物
至少从前是或以后是。三十年前
一只卡车驼吃掉了我最心爱的小堂妹
也吃掉了我对卡车驼饲养员的好感
他们是食肉的那一部分

第四辑 空城略

高架求索

一条蜈蚣无止境地传送自己
在人类出行的时刻，它要表演
水泥般的假死。但高架公路不可蜷缩

作为城市的搬运代表，它没有嘴
也没有手空出来拿选票。我怀疑它想
同时举手，把身体从苦行哲学中投出去

那将是一场空难。但相传蜈蚣可以
再次活过来，在某个秘密的夜晚
集体出动。星河也压不住毒尘在弥漫

江海有信

绿植碎末

五月末的早晨,园林工人
正在为路边绿植理发,平头
规矩的长方体,似乎即将装箱

但剪下的碎末更快被运离
橙色清洁车,一并收走多余和不幸
不远处,探出围墙的蔷薇

惊落一地花瓣。爬山虎密集
向高架桥上逃窜。阳光被楼群切成片
无力地扶在我右脸。就在前一分钟

一把巨型剪刀,一个左肩耷拉的
园林工人差点和我撞上。如果撞上
大概率,我们会碎在同一堆

第四辑　空城略

落　红

像不像流水在倒叙，花瓣落下
柏油路接住它的残缺，多么现代
而木盒接住我们的粉末
推入静默层格，比城中村的隔间
更热更挤。死亡继续涨价，送别仪式
加速简略。花瓣还在落
环卫车又一次装满，而我……
忽然获得一次暂停，也许是江河到海
也许是沙滩重新接住了鳞片

江海有信

丽江行

1. 夜雨宿木

木质的金府大酒店,我入宿的
第二夜:雨水微弱的脚步声
进去,又出来。我听闻有些雨
源于很久以前的母系部落,近一些的
自枯枝和旱地的故乡赶来。回春手术刀
从锯断的部位切入……睡意袭来
犹如麻醉的一针。庭院里,潮湿的
深山木材,柱子、房梁,门与窗
模糊一团。我想喊它们的树名
想提醒它们快点喝药。但是
我睡着了,很沉,像一根木头晕倒在地上

2. 鲜衣与红

夜场。我穿越街灯稀疏路段
降落在睡前空地,四周宁静如旧物
陈列于旧事的橱窗。烟雾机关

托起巨石舞台,红幕布牵出
我喜爱的人。衣裳鲜亮,佩剑在腰
追灯倒映杯中,是中年的剧目

偷师李太白,更早时迷恋曹子建
如今只演他自己的作品。观众零星
他送我包年贵宾票,演出、彩排或者空场

任选入座位置。那晚,在红谷坡地
我把登台的视频装进小竹筒。加急的马匹
从床沿越过,将我击鼓的鼻息一并取走

3. 满绿之间

地下与地上不同。翡翠
待无瑕,而满绿的草坪正在
为百花的争闹蓄力,两者之间

隔着一次投胎或死去

当我惊闻第三国的儿女
殉情如归,我明白:通道是敞开的
两朵花正赶往尘世,蝴蝶、牛羊
游客,有心和无意,都参与了等待

4. 蓝月湖

你在山谷沉寂中日夜清洗
烫伤的右眼,直到左眼彻底看不见
如果悲伤能由对称的另一方
完成平复,那么我允许
你的美以外的部分,照进
我身体的裂缝。你要缝补
请勿用忧虑的丝线,你要击碎
请藏好蓝宝石的小锤。我触碰的
涟漪,你已收回,告别后
你的注视和对答,我都不再还你

5. 白玉龙

世间所有的白都不容易
因此我理解,玉龙雪山的白头

第四辑 空城略

在云中时隐时现，亿万年一个招式

占有我的，未必是连绵的群山
有时浊水倒灌，我能察觉
绕到背后的一击，眩晕、剧痛，不致死

视觉同样敏感，每一次反击或忍耐
出生的白纸上都浮现色斑记录
因此我理解，雪水流经的灰白地带以及

山脚下尚未开花的满绿草坪。吐纳时间
和气象的神魔未分，白玉龙拦下的
这道暖流着实清晰明亮。或许他并不为此

江海有信

巧克力工厂

相对于花田上,婚纱照的表情
工厂里,可可豆的研磨时刻
更令我倾注

铮亮的钢材,在别处时
多么硬冷、令人惶恐。而现在
这个刚猛的家伙,安静地蹲在橱窗里

磨豆子。这是命运互托的一刻
可可豆从此失去大地的疼护,与一个
从前不可知的机器,签下订单

甜蜜之事充满冒险,每一次抚摸
都在消损彼此的光泽。我愿意再柔软一些
即便是,她对巧克力的喜爱在婚后变淡

歌手时刻

还没准备好接收的词句。那时
我在异乡地铁站来回涂改,秋天的
陌生习性。还没见过受凉的鸟窝
抒情的枝条还在茂盛里抚琴

录播泉水像方糖溶进咖啡
白日沉沉,夜色亢奋,我需要
有人摘下我的耳朵,让我不必倾听
断裂声响。《曾经的你》替他

按下单人循环。那一年
我丢掉旁听的诗歌课,将少年晚期
交给一个可信的歌手。此前三千日
我自习扫弦,他在空调外机上对抗枯竭

又三千日,神经长期浸泡在中庸精华液

江海有信

变粗变堵变撩不响。曲库久未更新
耳郭只安排故人巡演。绿灯过不去时
我下到地铁站,接他托我寄来的《空谷幽兰》

上塘河抒情

在善贤社区东门甬道
我发现了大运河的前世
这江南的细腰，私藏了
少女抚水的细节
远行的翻坝声中，有她的
父亲，哥哥，和
书卷中复咏的部分

初醒于秦，枕梦以隋
更世于元末，安居在新时代的
杭城之北。我无法确定
她是在等待历史的委任书
还是在静守南方，抒情的领地

江海有信

黄昏下的冷凝塔

此处暂没有高楼布控
夕阳还可以缓慢，冷凝塔的
白烟甚至漫入了往昔

这是过早的工业仅存的几张底片
黄昏催促着拆迁队
今夜梦中，将冲洗数个新城

老农签下协议，把子孙
送进未来的楼宇
作别老屋，他仰头巡视天空

仿佛在为康桥捕捉一个壮语
那白烟，此刻温暖如炊烟
我们边吃边聊，能否

为记忆留一张不善言语的小嘴

过祥符桥

在祥符桥头,我看见了
江南老去的样子。稀疏的

老街凌乱的发线,混合的
异地口音,更替了邻家闺女

城市的并发症,比燕子飞
更低的屋檐,低头不语

只有春末的细雨缓解着回忆的疼痛
只有桥上的老祥符人记得解药的配方

他那么认真地看着水面,仿佛
有一艘乌篷船再次向他划来

江海有信

云山谣

搬运四海游子的云车,在望宸阁顶
停靠了下来。我们穿过十里桃林
顺溪而下,在半山之麓
脱去了"异乡人"的外衣

像为孩子取名一样,我们的
新家园名曰云锦,一个介于迁徙
和安居之间的词语。你还可以理解为
编制幸福生活的手艺

这块从南宋沉睡至今的土地
在某个云彩斑斓的早晨,被我们的
双手唤醒。我们唱着:云锦
云锦,请教授我们天空的自由和宁静

短居元素店

据原木记载,它曾浮荡水上
仿如乌镇之夜的舟行
桨声回应着长坐漫谈的节拍

我们在现实里鸣金,退入一场
临时的旅行。当蛙声再次为败军击鼓
它决定,把双脚铸入田土之中

实际上,短居不宜解读彼此的历史
兴许是隔壁小酒馆的故事偏长
以至于初见的人,闪现出过往的元素

江海有信

仲夏解密

仿佛是气候变迁所致
仲夏未能唤醒鸣虫的耳语
反倒是一根冰棍，奔赴了
炎热的密约。糊状的甜滴在
记忆白衬衫上，我称它为
今夏第一，与我儿时标记的
藏在礁石底下被海水偷走的第一
并列。将我破解，将密码重置
手法近似，样子也看清了
忽至的清凉提醒我，不必着急定义
像个孩子一遍又一遍舔吸小木棍

第四辑　空城略

缺　月

因为天色尚未完全暗，余光
还能在路灯下做个拼接。不知名的鸟
穿过天空的针眼，所以我倾向于认为
时间里，那个修钟表的人
和我差不多，也在这一站等公交

半块玉佩，才有身世可说
半块月亮就普通了。"在城市看不见"
这些不发光句子掉在路边，怀旧里
情短情长的大灯射过来，我只能把话
讲到黄昏以前。所以听信，早有人
将另外半块磨干用尽，买通了钟表店掌柜

可是，我又把她调了出来
仿佛诸多琐事中，不能没有看不见的遗失

江海有信

取名上塘河

在江南,万千河流的侧身
凿一条新的河流,给它春野以外的
名字,给它的流经加上数行堤坝
堤坝也要取名。皋亭、善贤、德胜
我沿河走下来,仿佛上塘河走过自己的
一小部分,顺手写下几句弱柳和黄昏
像十八岁写诗的人,想到晚年
他要取一个直通大海的笔名,他想着
想着,眼前出现一条更大的河

一则新闻

病毒不会随气温消散
死亡倒悬在人类的头顶

如何迎接同时抵达的
光与暗？当我们习惯于

折叠日夜，成为某些方面的
反对派。当医生和病人

在同一双眼里相遇，泪水
是否各流一边？我是否该检讨

已删除的情绪，被感染的汉语
当天气转暖，阳光浸透三月

在我经过的路上，涂抹着
绿柳和横幅的倒影

江海有信

天体运动

在学习万有引力之前
我们先学会了环绕奔跑

或者,并没有人留意到椭圆
以至于起跑线和终点,相互以为

对方在别处。有人忽然想要回去
他感受到了时间的不可逆

而过往的引力接近于"0",他甚至
无法回到操场上。那天的比赛特别热烈

时而有落叶状的汗,和酸味的
助威声,环绕在耳旁

楼顶花园

大地如此稀有。我们在她身上
玩,挖坑,滚草皮,互敬手榴弹
把一块皮掀上楼顶。泥土之间
没有无线网,它们坚持用植物交谈
尽管蜂蝶的信号微弱,小花园
依然能下载草原的辽阔,类似于
回忆哺乳的过程。特别是
肚子吃饱,请求原谅的那一刻

江海有信

桃源即兴

这是一群住宅楼的统称
我看出了它的心虚
但它的善意更加明显
无论如何,不能曲解了春风的本意

有一次,细枝吓唬了淘气的嫩屁股
但植物不会长成一把凶器
也不能就此篡改为教唆的工具
谁不想活得更安分些

有些人走在纸的另一面
像住在桃源里的世界和平
我们也常说,人类在创造更高文明
使劲往好地写呀,干吗用笔捅个窟窿

沈半路蝉鸣

小电驴穿过夜晚的蝉鸣区
那么长一段自由表述——
短命如蝉。如我所闻

挖掘机制造的踩踏事件
没有秀草的遗言可以做证
蚂蚁搬迁似乎只与昨夜暴雨有关

在接近平坦的临时车道
我自制了数次人为的停顿
生怕误入另一个——

江海有信

夜袭湖州街

寻常摆出梧桐阵。二十五码小电驴
单骑奇袭。落叶数枚奔向我

这秋风的捷报,如同几行短诗
在深夜的副刊上发表。不远处的

今明分界线,高耸入云而不见
忽然间,湖州街被削去双腿

不是我。是沈半路,或是潜伏的
未来某一天。除了回家

我已没有可以进击的城池

康桥花海

在失去的土地上,重拾生活
秋英和百日菊平分二十万平方米

经历人工栽培的群体事件后
所有花朵,都保留了自赏的本性

并将此,分享给合影的游客
人,是多么易感染的生物

有时插花,有时插楼
而此时,秋风正在播放 A 面

一个下班的农民工说起小时候
一只蜜蜂被我定格,悬浮在花海的空中

江海有信

西塘窄巷

如果时间有往来通道
应该就是这种窄巷,两边砖墙
重现过去的笔直,早晚阳光浅照
四季雨水数两。宽度适于独行
方便与自己重逢,与初见之人减少含蓄

也方便分别,添置背影时
制造数次回眸的错觉
倘若无人往来,从头望到尾
寂静深处,婉约词的叹息
从青苔打滑的部分渗出。我忽然很想
请你喝一杯:数秒的失忆

青核桃简史

几颗青色果子,挂在
我的常识之外,自然主义外衣
包裹着的谜语。片刻停顿
疑似发出了探问的短波

是核桃。同行的村支书
轻声剥出答案。他还为我们打开
宴家坝新品礼盒,文化村的精装款
无从拒绝的善意,像母亲

为我端来核桃仁汤。它营养学的内部
像啥补啥的朴素逻辑,急于摆脱的曲折
令我对光线在树间脱发,印象深刻
而这几颗青核桃,隐约参与了本次疗程

江海有信

望宸阁借风

自古阁顶好看山,好借风
调转历史的频道。我的身体
如空城,精魄四散
去给赵构托梦

但倪姑娘先到一步
她说尽遭遇,说金国未完之事
金钱做到了。而我尚未补充说明
他已驾上宝马,逃过钱江三桥

梦中未提辱母事件,未提
造阁事宜。商户继续贩卖
盗版清明上河图。百姓继续养蚕
用蚕丝建庙,供奉护国有功半山娘娘

那时还没有拱宸桥。我决定
徒步下山,以图归路

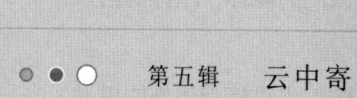

江 海 有 信

第五辑　云中寄

江海有信

弥陀寺路

——答蔡先生

未能通往深山,在城市里
又拒绝拥堵。弥陀寺接纳了它
像对待俗世的缺口,给它
入门的昵称,四行偈语

弥陀寺也接受另外的事
比如化身民宅,随瓦楞破碎
青苔掩埋。比如忽一世未见僧众
只见游人往来于公园

而弥陀寺路隐现入口标识
我曾在深秋拜访,那时风和落叶
正在赶制一件袈裟。石刻经文清晰
但未能甚解:送上人诗,我随身带着

沙 暖

——赠余退

海潮多么有趣,往返有定时
而行迹没有边。沙滩清点脚印
似乎走了很远。它一推
我们就回到了起点,仿佛

有什么人从未离开?有什么人
又见了一面。我们谈论他写诗的音符
捡起又丢掉的贝壳在沙中取暖,在沙中
摸到珊瑚的枯枝。谈到我何日再回来

江海有信

云的轻

——赠王风

流向明日的光,在云的缺口
搬运金色湖泊。机舱里

我向外的目光,被机翼的一侧锁定
我看着,对领地失去兴趣的白

大片大片地拥有天空,它们在移动
但没有动作。同样的还有夜色

从白中分离的过程,比目送更为简约
经过但不占用。而我忽然

想看另一侧机翼,当飞机缓缓
沉入云的低处。一块石头

包裹着我,将自己往湖心
轻放。因为包裹着我而占据了一小处

湖风日记

——赠朱小小

世间多数湖泊,偏爱反射
唯有南太湖,执意吞下月亮

这一枚,小小的
石头,在波涛停顿之后

忘了下沉。我没有太多理由
邀她浮现,转而对空谈论

时光的密度,人的坐标
事的笛卡尔函数。年轻的心啊

多么不知深浅。三两行诗
就想把水中月捞到手心,装入

衬衫的口袋

江海有信

静庐听雪

——赠许春夏

沿坡而上。南市路的斜度
与雪花入世的倾角相当

时有山林的倦意滑落。冻僵的
路边草,计划着来年生火

静庐端坐坡间,与喧嚣
交叉得恰好。我们闲聊论诗

几度与家国相遇,与过去的未来人
在江南的湖畔合影。数杯下肚

请大雪进庐。一曲回风调
现代舞,将聚散抖落在杯中

花溪与尤佑同舟

马达声隐入微澜,流水
送横舟到景色深处。当我们谈起
诗中的宁静,蝴蝶翅膀在躲闪

摘抄古书的花溪往事,粘贴在
导游词前半段。为了接住
新鲜短句从树梢降落,我们渐渐

挪到人群后面。正是这种结伴
让孤独短暂拥有了方向盘
旅途的余味,终于可以载入花香

江海有信

春草于斯

——给舜华

春草的早晨，露水
喝下自己的清澈

而微风并没有为蜗牛
解开慢行的藤

肉眼里，薄雾齐肩
几近看见旧日的素颜

我也曾熟读花语，在光阴的
向阳面，耕植美人和白发

所有石头都在花裙下
翻滚。羞于启齿

小 雨

——给小雨

十几年过去,它不发芽
亦不腐烂。来来回回那么多次
有声、无声都没去敲它的壳
不确定是哪种味道的果仁,但纹路

似乎可以探问。要在小雨的时候
跟随一滴很难辨认的雨滴,戴着老式的
镜片穿过蚯蚓洞。幽暗、曲旋,有密道
近似当初种下的那个夜晚,出口在

今天早上。雨滴会在中途脱离
其他植物的根,将开启思绪干扰
而我要紧紧握住象征密码的名字
十几年过去,它不喷吐

也不熄灭。当我终于触摸到它的
质地……有一个故事,说的是
外星人老鱼,破译了小雨……
他陨落的飞船,像一颗没有萌芽的种子

晓 明

——给陈晓明

天空总会再度亮起,在故事角落
我们习惯称之为第二天,而长篇的
航行里,主角开始了下一站

这符合一艘船的远古定义,也适用于
风浪背诵的台词,但更多语句要留给老船长
闷进一杯老酒。大海浑浊依旧,蓝的是

天际。是更久远的云和眉的婚礼
我的诗,送你做鸥鸟点缀。那些白羽
总能从乌黑的夹板上,再次飞起

江海有信

入蜀记

——赠潘福金

连夜做功课：行程、衣物
久别与初见的心情，以及如何窃取
峨眉新月的秘方。蜀中兄弟寄来
美食诱惑，制造了第二方案

李白、杜甫诸兄，不必前来接机
但请借小弟才情三分，于席间
调剂菜色与欢颜

青天蜀道，简易的三小时飞行
云雾无歇，执迷于山川抒情
我决定把想象调高八度：
我的脸正探向一个盆，南方的脑袋
主动过辣，让思考和行动慢下来

河姆渡博物馆离赠

——给双木

所有陶器都在假寐,稻谷的
呼吸穿透七千年土层。身为游客
我们唯有从考古笔记的裂缝中
窥见河姆渡人种地、生火、喂养子嗣
这已经足够,我们得知了
祖先应该完成的全部事情。在后面的旅程
我忽然醒来。这是适合浇水的午后,不算太迟

江海有信

童谣之夜

——给陈晓安

夜空十净、微倾,与退潮后
睡意渐起的沙滩,平躺在马达声
折叠的寂静里。星斗挪着

贝壳的步伐,来到前一晚的位置
站着、蹲着、坐着,像孩子们围着
月光下念诵童谣的祖太

我伏在她的腿上,她放下拐杖
摸着曾孙的头。三十年来
这样的叠放从未打乱

晓安,关于我的祖籍一事
便来自其中最明亮的一层

"泉州好所在,爱去不爱返"①

鼓浪屿那晚,若不是星空呈现过往的排序
我们的交谈浮动着未知和预见,我不会
告诉你,去往祖居之地的别的用意

---

① 洞头闽南语方言童谣《乞鸟歌》中的一句。

江海有信

独城不独

——赠俞俊杰

花海花期未至,独城公园的
梧桐枝寄来早春邀请书

草木仍在蓄力,水波已秀出
暖绿底片。我们先于蜂蝶来此

穿过幽静,你递给我一本
童年回忆,几句百岁老人的口述史

而我坚信第三种可能。你看
高架桥上动车飞逝,桥下吞煤火车

在自己吐出的烟圈里咳嗽。花海
当然是他的情人或是妹妹,当一个侠客

第五辑　云中寄

从无名碑上醒来，那是八百年的花谢花开
固守一洲，与小朝廷的偏安并无关联

我们自然要以"孤山不孤"为例，跟他
谈谈眼下，独坐的冷凝塔，塔吊的黄昏

你说，手中尚有两三年时光可以周转
我说足够了，为独行者买一张逆转的入场券

江海有信

黑冰激凌事件

——给纳兰、小葱和缎轻轻

一架四驱探宝车在石头上起伏
就像某段人生没有驾驶员，缓慢使乘客
失去挡风玻璃，而转折恰好
没那么急切到来。这悠闲的卡尺
定制了古城的商业标准，夏季尾部的倒钩
如同中年回望的鞋跟，扣在冰激凌店的招牌上

怪谁呢？结伴、去逛、左转，排队……
选择的聚变未见波澜，而事件初始的震荡波
被黑芝麻和糖精制造的甜腻墨汁消减过半
是残余的好奇心启动了局部腹痛。"真不晓得
会拉肚子"。如此总结可参见
考毕偷改分数，下次寻宝时请勿借鉴

慢 送

——赠卢山

飞机穿过云层,轻微的
摇晃就像,运河岸的杨柳
乘在送别的风尖。从二月绕到八月
仿佛时间,给了你编织羽衣的秒针

这一日,所有上升的气流
都将你往高山上拔,如同你
在马塍路,抽出三十岁的抒情
如同我,折下柳条往流水里刺

比飞机刺透云层更虚空
比醉翁之意更显他意,为何你
不乘小船去,好让我慢送
包一叠江南,为塞下曲润喉

江海有信

寄纯真年代

——远赠庐山

一本诗集从中间打开，截获的
部分是完整的。像一次登山之余
从中年风景中切下三十岁的一片。这是
纯真年代，赠予我们更为平和的呼吸
那些旧而易碎的事物，拾级而来
风中叶落纷纷，微信里故人无恙
茶局少一人，追忆的片段高清无损

月离港

——兼赠卢山

月光照着大海。一个男人划桨
在波涛中捕捞女儿的嫁妆
他的背满载夜色,他的网正沉向
大海的床。熄灯的港口

鱼群接受私访,在女儿半睡的梦语里
他拆下身上的鱼鳞。巨鲸的尾拖着两排桅灯
离岸:这是令巨石放声哭泣的抚慰
这是月光,在关照人间的事业

江海有信

会安阁侧记

——再赠卢山

我梦见皇帝和渔夫交谈
关于投胎为同一人的细节
反复琢磨的相逢语调、互赠感言
像昨日黄昏,我在会安阁看见的

钱塘江向大运河推让一段浊水
借着盐的浮力,明月缓缓上升
长袖里,纵然有一千年的不舍和矫情
此刻,也该腾出空来,为离别装载后续

我们之间鲜少的分歧,如同
大运河还赠予钱塘江几艘铁皮运输船
你我的相逢纪念日,往事头顶沉降的泥沙
在此处,便是江河互换的礼物

凌晨两点别卢山

时差将茶叙推至凌晨两点
我起身,回忆和构思皆未尽兴
但离别之弦又一次绷紧,将我弹出
你在阿拉尔的家门

舜华、小样和茜茜走在前面
微凉的风,扩散着她们的抒情
整个小区剩下五个人慢行
整个阿拉尔的夜晚为我一个人

溶解愁绪。如果一切消散
都备份重启的果核,如果春天
责备过的柳絮拥有意义,今夜
它便是取走睡意的边陲小城

江海有信

离别现场

——赠紫苏

当不舍未显异常。大兜路的
梧桐撮合两地故人,公映百年寂静

落叶在先,你坐在我后面
季节的暗示指向了时光衰变

中年发福,疑似灵魂的最佳变异
而未嫁之人,恰是一张消磁的光盘

怎么能责怪月亮?今晚
它不过是一盏离别戏的聚光灯

只要它不特意照过来,我们就继续
倒一杯相逢无期的茶水

雨 见

——寄郑寒凝

那一时,往后的重逢
尚不可知,仅仅是两座无人岛
互看了彼此。在诸多隐喻中
云和帆,仍是两件平行的事

直到时间里出现引号,"雨水"进入
秒针的报站时刻。那些在上一秒错过
十点班车的人,我理解:在一首赠诗的
行与行之间,飘飞着不可重复的遇见

江海有信

云　中

——寄 Z 少女

1. 西街妄想症

到底是一个人，还是
一件事，触碰了记忆的表皮

它的外部轮廓很像西街，旧式小吃
琳琅于行人前面，一路到底，其余的都模糊

一直到开元寺。余味开始明亮起来
在脑海，或者在某个不确定的晴空之上

使我们的分别晾晒在犹豫之中。如果
两条船在海上摇晃，靠近和碰撞是否会

自然发生？我应激性地投出假设的粒子

当这个人和这件事呈现内在缠绕

是否可以证明,平行宇宙即为
脑波共振的衍射条纹

2. 西街面线糊

醋肉入汁的前夜,我和调味师
有过一次密约。而此刻,黄昏雨歇

仁寿塔收起暮色的伞。我们握手告别
西街的步行指南移向北,剪落的

时光细碎,仿佛面线糊的寻常制作
泡软的油条,不语的低头

好吃的,不想走——

3. 游湖纪略

两件柔软的事发生在一起
你可以理解为两条被子,让风吹皱
同样的寻常的午后,相隔很远的
两天,被同一块石头击中

如此看来，应该有两个人
相互做了同一个比喻
比如，你依旧欢喜
用时光的弦，漫射我湖中的倒影

4. 3月1日，晴

我也想在草地上打滚，给大地
一些轻微振动，给春草

一些惊喜和失措。虫子们快跑吧
春天的巨人来了，这边有两个

那边——

东风酥软无力，深陷蓝天的包围
身为天然投降派，我把三月桃花的视频

录入风筝的尾。此刻，所有的告白
都形同告密，那些飞向绿意稍弱地带的鸟群

一定叽叽喳喳，说我
忘记了，难忘的事

5. 别后八年

问候断断续续，唯有五月江南雨
可以缝补。两只黑天鹅穿过黑夜的针眼

数盏路灯在水中拆解自己，涟漪如阵痛
水鬼般的双手：它飞哪，我就在哪着陆

哦，真对不起——

这一声触地的闷响
不是惊雷运抵你窗前，而是

中年发胖的身体，在我眼前
掉了回去

6. 忍住故人

在相同的城相同的路，故人的名字
从深秋的夜晚折回暮春的午间
吐字的口型没有变，流经此时此地的
大运河，保持着古老的水的泳姿

但我们还是发现了,一些商铺已转租
从书吧到珠宝店,从咖啡馆跳进直播间
可怜我遗落的诗稿,落叶上多了一层墙灰
而你刘海中多了根白线,我忍了一下,没忍住

7. 谷雨迎来

动车站接人,咖啡馆谈论节气
循环真是有趣。你看云

几乎不转弯,雨水垂直落下
而重逢的剪辑,我不确定

应该归入哪种圆圈。继而
回忆往事,在接近翻越的坡道

滑入中年旋涡。加糖的苦
恍如独自投胎。我依然不确定

下一次分别会从哪个轮齿开启
动车站送人,铁轨笔直扎入远山

8. 遗　迹

在古旧房屋的檐下，我用蜘蛛的口语
织网，在记忆和渐老之间捕风，捕风铃

生锈的哑谜。我愿往，你相邀
两只飞虫振翅，惊动了遗迹里的蛛丝

如果此时有雨水滴落，请借我一根头发
拨弦，在两座申遗的城市，默写一行

9. 于情人节书

雨水渐疏，而潮湿愈浓
旧日的台阶松出几根绿线头

昨夜里，我丢失了一枚光滑的
纽扣，所以倾斜的事物

都没来得及刹车。青苔与雪
风铃与蛛丝，空想与记忆相互调味

春风在枕边鸣笛。花朵床单

企图以盛开毁灭证据

而现在,我要将它们分开
使彼此之间,近似不曾相遇

10. 桃花过处

繁华时开出的花,未必
与繁华有关。时光向来飞速
向来不愿等迟缓的人
只有春风慢慢磨刀,伺机
收割美人的白发,折旧的容颜
低谷阵阵回声,如电影
剪去废胶片,如桃花
凋谢于春折处,发音于春贴时

11. 第十一根弦

纵然有一千次告别练习
也只送到了门口。华池南路的
梧桐们,今夜请暂停弹奏
配合一下那个忘词的人,给一点
树荫,遮住他的呆立即可
给晚场的露天电影一点假意的安静

然后，在他转身退场前
拨响第十一根弦，用十年的箭
射他的背。这虚构的一幕
请投放在旅店的玻璃上
假如她推窗，就帮我把树荫
解开，把呆立的影子送到她面前

12. 云中寄

长风吹过傍晚的梧桐
一封平邮信，终于
从云中抵达。这是叙事篇

最好用的宣纸。斑驳涂绘的
轻色外衣，穿着一个
打伞路过的人

[附录一]

北鱼过江东

卢　山

我与北鱼兄相识已近十年。不说是"十年生死两茫茫"的感情，也应是"江湖夜雨十年灯"的情义。

从十年前大运河河畔偶然相识，意气相投发起组建"诗青年"和"新湖畔"，到如今各自成家立业，都为稻粱谋的中年——我们一起见证了彼此在最好的青春时代写出的那些优秀诗篇，以及在这座南方城市里的动人故事。

十年来，诗歌一直是我们生活和情感的纽带，这条纽带将我们死死地捆绑在一起，演绎着两个外地青年在杭州的爱恨情仇和悲欢离合。我们在这条纽带上挣扎着，荡漾着，默数着钱塘江东去的滚滚巨浪……

如今，北鱼兄即将出版新诗集，自然是乏味生活里的一件乐事，我也愿意说上几句以享其荣。其实，从某种程度上说，君子之交淡如水，商业互捧已经不再需要，写上几句是希望我们在诗歌和人生的重要关口和节点上，都有彼此的互动与参与。

五年前，在他的诗集《蓝白相见》序言中，我写道：在大运河畔飞鸟散落的黄昏,在穿越大兜历史街区走向江南驿咖啡馆的路上,他带着词语的利刃,兀自划向一个个长满岁月花草的黑夜。"别再用泪汁渲染烟云/纵然江南依旧多情/你我都将老去"(《七年江南驿》),"Z少女"已经杳无音信。这个已经三十而立为人夫为人父的男人,带着油墨味道漫步在大运河的晚风中,当拱宸桥的灯火点燃舒羽咖啡馆的第一盏忧愁,他的胡茬子在黑夜的泥土里一根根苏醒并发出中年的叫喊。

中年已经提前到来。如今,北鱼告别金华路和大运河,"从布匹上裁下数个昼夜,有我/穿梭在金华路的纹理"(《别金华路》),开启了自己的"钱塘江时代"。

四十岁是人生的一个重要的节点。四十岁的辛弃疾在墙壁上题下的这首宋词,其中"为赋新词强说愁""却道天凉好个秋",让人感叹历史沧桑,人生百味。从故土难离的乡愁、城市生活的游离和古典意味的诗学,北鱼的写作也迎来了新的变化。

江海有信,信自何方?"项羽不过我先过。生活的分身/仍在追赶分裂的我"(《过江东》)。从故乡洞头海岛,历经烟波浩渺和光怪陆离,登陆都市杭州,他的人生也遭遇了不可言说的况味和苦楚。"江东大桥如针穿夹在两片肉中",哪个诗人的中年不是分裂的?谁不是咬着牙在苦苦坚持?一个从海岛而来的诗人,只能将满腹心事压缩在薄薄的字里行间,在诗歌里小心翼翼地呐喊。

我始终相信大海的基因在他的血液里跳动,潮水的呼吸慰藉他日落月升的生活。是的,正如十年前那句"诗歌的血不会冷",那一条被按压在青石板下的河流,始终都在涌动着动人的风景。

江海有信

他所说的,"未能寄出的信,又高一尺"(《潮汐来信》),江海有信,唯有大海才是知音。在岁月的耳鬓厮磨中,"我咽下难以消化的数行",这是一个男人的自白,又是一个诗人的宣告。北鱼爱蓝,也喜欢在诗歌里写蓝,我想这是他来自大海的缘故,他可能诞生于蓝。"大海隐藏更深处的蓝"不可言说,就像雪山隐匿的部分,"告诉世人的,唯有吞吞吐吐的海岸"。

我曾因为某种原因,远走新疆工作两年多,其间与北鱼兄也只能飞雁传书,互诉衷肠。他也给我写过赠诗,"为何你不乘小船去,好让我慢送/包一叠江南,为塞下曲润喉"(《慢送》)。直到前年五月,一个机缘他来塔里木看我。在凌晨的南疆小城阿拉尔,我们都格外珍惜这万里之外的相见,喝酒,谈诗,吃烧烤,说着中年人的满腹牢骚。五月的沙枣花弥漫的夜晚,远处的塔里木河悄无声息,窗外王昌龄的明月已然醉倒。

后来我们相互各有赠诗记录此景,这里有必要将我的一首放在这里。

凌晨两点别北鱼

记忆被惯性推向更深的夜
进入河流埋下伏笔的腹地
我还没有来得及醒来
在酒醉的梦呓里　道一声
鱼兄,别来无恙!
你已经登上大河东去的云层

附录一

像一场夏日的雨水
忽然降落在运河两岸

诗歌的血不会冷,我们谈着诗
交换着天山和西湖的故事
在边疆小城阿拉尔
沙枣花弥漫的五月之夜
明月高高在上,清风推门而入
我的兄弟,你从万里之外的江南
扛来了两万吨的清凉
抚平我一万里炽热的乡愁

记忆打了个趔趄,一个极速滑行
离别的琴弦已将我们弹出
相聚时那一盏小小的酒杯
此刻,塔里木河上明月高悬
西湖的荷花垒满宝石山的案头
当你匆忙夹带早餐登上开往江东的班车
我还在梦中与你干掉一杯理想主义的啤酒

2021.6.17 阿拉尔

"今日守摊的中年人。凡夫东渡/唯有不确定的余生在击鼓"。如今,北鱼东渡,我也从万里之外的边疆再次回到江南。诗歌的

江海有信

血不会冷,理想主义的啤酒仍在呼啸——我知道我们的下一个诗歌时代又要开始了。

2023.6.23　杭州古荡

附录一

北鱼：未曾离开过大海的诗人

尤 佑

北鱼的诗，是海水幻化后的形体，每一页都在倾诉浪花的秘密。这个未曾离开过大海的诗人，不需要任何装备，只需用思想驱使词语，以词达意。他朝着"客体主义和智性诗歌"进发，把自己寄托在自然万物之上，以思辨体认诗歌，并尝试建立属于自己的海洋诗学空间。

1

大海住在他体内
即使饱饮淡水，血脉之盐
在运动中析晶

北鱼的故乡，在温州洞头。我参与"海岸线"青年诗会，两次到访，有幸成为"洞天福地"的文艺岛民。但我与北鱼相识却是在杭州，我们同属"新湖畔诗群"。窃以为，北鱼是胸有大志的诗人。

江海有信

因编诗、读诗，我们常有往来。某日，得一首《云的轻》，颇具典型性。

北鱼的诗，有智性，符合汉语"意内而言外"的特质。他于细微之处见精神，于想象处变形，总能给人意外惊喜。在云上生活，会有什么感觉？出于常规思维，读者会把"云上"理解为天堂。北鱼的《云的轻》，则回归平流层的白云。搭乘飞机，于机舱向外看，诗人见到的白云与天光，流动、具象、融情。诗的前半部分，写自己观看机翼一侧的白云，静中有动；随时间流逝，夜色从"白云"中分离出来，进而吞噬飞机，裹挟诗人的思绪。诗人将飞机想象成一块石头，由此显示情绪之重量，这与"云的轻"互为观照。由此，整首诗似乎是语言的"跷跷板"，诗人由轻入重，由虚入实，由想象云端栖停在人间热土。

这次系统读《江海有信》，我更明晰北鱼身上的"大海元素"。我甚至认为，他从未离开过大海，其诗学之志，仍在"北冥有鱼，其名为鲲"的"去以六月息者也"。其诗的海洋元素，不同于"蔚蓝、辽阔、丰饶"，而是源自孩提时他对大海的刻骨铭心的恐惧。

最好不要问归港的渔民
不要在宣传大海的框架内
搭构你的沉思。更不要问我

一个在海边投寄童年的旅客
海浪起伏……这样一条

附录一

蓝色被单，盖着鱼群和溺亡者的鬼魂
　　　　　　　　——《不要宣传大海》

　　身为渔民之后，深知大海的秘史。那源自神秘的不可控制的力量，在诗人惊恐的童年想象中占有很大比重。显然，三十年前的洞头，不同于现在的风景，通往岛内的公路尚未开通，岛内交通闭塞，海岸线野性十足。一艘艘渔船出海或归航，既是生计，也是冒险。"未能寄出的信，又高一尺/快要超出我的硬度了"，每次读到北鱼写大海的诗句，都感到一股隐忍的力量，那是一种内蕴苦难而无法诉说的写意，是童年经验的再现，更是潮汐涌动的诗歌之源。"像大海隐藏更深处的蓝/告诉世人的，唯吞吞吐吐的海岸"。狂躁且汹涌的"更深处的蓝"以更丰富的隐秘激情诱惑着更远处的人，而吞吐的潮汐，始终保持着恒定的力，向世人诉说大海的秘密。

　　于是，他写下了《潮间信》中的诗篇。"危险埋伏在退潮中。渔民们成群赶来"，渺小的人们在广博的大海面前，总是仓促而行。"每一次浪击，都是大海在疼痛/接近于妇女难产，渔民善泳/却窒息在思亲的浪花中"，北鱼在《台风，或忌日》中，讲述了祖辈与大海的关系，甚至用神性审视大海。大海像一块巨型的屏障，又如神一般存在，始终告诫着生活在海边的人们。

　　关于大海，瓦雷里在《海滨墓园》中有句名言："大海永远在重新开始。"无数诗人对海洋的赞颂，但依然片面，大海以其广博"容百川，纳万象"。北鱼心中的海洋诗学，与"意象化的大海"所引发的纯正抒情不同，它是类似于"反辩之诗"。

2

大海远离他
只是海岸线随之漫长
时代的贝壳，捡拾不尽

成年之后，因求学、工作、生活，北鱼决意离开大海，去广阔的内陆感受世事。于是，他开始了一种白天操持公文，夜间写诗的生活。当然，这只是形象的说法。准确地说，北鱼始终带着敏锐的触须，观察事物，体悟世事。

他阐释自己的笔名"北鱼"时，笑谈为"北香菜场的鱼"。这样的自嘲，不再是"抟扶摇而上者九万里"的鲲鹏之志，而是陷入困境后的无奈。

生活在既古典又现代的杭州城，与妻儿若即若离地过了两年。似乎杭州是别人的城市，那楼宇闪光，湖水献媚的南宋都城，又何其陌生，而大海永远在故乡召唤。北鱼仍然持续大海的隐秘抒情。在抒情的况味中，夹杂着几分日常叙事。

数次探访后，我得知半山
并无另一半。但有一个传说
系在山腰。我不知原本如何
经过几代养蚕人的口述，它现在
色泽略偏向于谋生。而半山娘娘庙

附录一

祈福之余，似乎也能求得姻缘签
不知薄雾是否有意，揭晓
预设的答案。当我慢行至山顶
扶栏思索的，已是午饭之谜

——《薄雾，登半山》

当诗人探访半山，有感于"半山传说"经几代养蚕人的口述，偏向于谋生。而自己在薄雾中思考的，也只是"午饭之谜"。由此可知，身居杭州的北鱼，"为稻粱谋"的现实一面。正如布罗茨基所说："一个阅读诗歌的人比不阅读诗的人更难被战胜。"北鱼凭借自己对诗歌的赤诚，以诗会友，属"野外"诗群成员，继而与卢山创立"诗青年"团队，组建"新湖畔"诗群。他有强大的组织能力和诗歌判断力。在"野外"诗群中，北鱼受到飞廉的影响较大。

如辑录之名"劝降书"，在北鱼阔别大海之际，世俗对他的劝降从未消退，然而"日月之行，若出其中；星汉灿烂，若出其里"，胸怀大海的人，始终兼容沧桑世事。他多次写到"雾"，"这几年，雾与我/已失去互动的关系/樟树茂密的一侧，路牌"。从诗题看，"雨过""清晨""初夏""立夏""仲夏""秋日"等情境化的设置，北鱼将诗意固定在自然情境之下，并让现实生活萌生文化的意味，这种风格与飞廉的《不可有悲哀》存在一定联系。

在组建"诗青年"团队时，北鱼与卢山的友谊纯正而坚硬。被称为"大海的男人"的卢山，从气度上与大海的子民北鱼"情投意合"。北鱼给卢山写了五首赠诗，且首首出彩，确为情之所至。

江海有信

> 我梦见皇帝和渔夫交谈
> 关于投胎为同一人的细节
> 反复琢磨的相逢语调、互赠感言
> 像昨日黄昏,我在会安阁看见的
>
> 钱塘江向大运河推让一段浊水
> 借着盐的浮力,明月缓缓上升
> 长袖里,纵然有一千年的不舍和矫情
> 此刻,也该腾出空来,为离别装载后续
>
> 我们之间鲜少的分歧,如同
> 大运河还赠予钱塘江几艘铁皮运输船
> 你我的相逢纪念日,往事头顶沉降的泥沙
> 在此处,便是江河互换的礼物
>
> ——《会安阁侧记——再赠卢山》

杭州会安阁是"诗青年"活动中心,一座木质楼阁毗邻运河,正前方绿树成荫,两层阁楼内,文化气息甚是浓厚。"诗青年"的伙伴们,将在这开展社会公益活动。"渔夫"符合北鱼自身的气质,"皇帝"则是诗人的写照。两位青年诗人互相砥砺,"钱塘江向大运河推让一段浊水",他们的方向都趋向大海;"大运河还赠予钱塘江几艘铁皮运输船",他们的情谊山高水长。于是有了《慢送》《寄纯真年代》《月离港》《凌晨两点别卢山》等

酬酢之诗。

  谈及北鱼的赠诗，我不得不提及这首《花溪与尤佑同舟》。那是在2021年夏月，很庆幸我们一起入选《十月》杂志主持的"十月诗会"，参加了四川资阳的颁奖典礼。北鱼提前一天结束行程返回杭州，在路上他创作了这首赠诗。当时，我们一行人还在安阳山上看石刻。显然，收到赠诗的我，异常兴奋。而北鱼写出了那份沉静，词语的路径和我们泛舟花溪达成一致，"让孤独短暂拥有了方向盘/旅途的余味，终于可以载入花香"，则是一份浓重的情谊，或诗人见心的互砥。

  马达声隐入微澜，流水
  送横舟到景色深处。当我们谈起
  诗中的宁静，蝴蝶翅膀在躲闪

  摘抄古书的花溪往事，粘贴在
  导游词前半段。为了接住
  新鲜短句从树梢降落，我们渐渐

  挪到人群后面。正是这种结伴
  让孤独短暂拥有了方向盘
  旅途的余味，终于可以载入花香

——《花溪与尤佑同舟》

  北鱼的赠诗数量很多，因人而异，以景入诗，兼具理趣与意趣,充分体现了他的智性思考和运用语言的能力。人生海海,北鱼似乎离开洞头的海,但我认为对于心有大海的人来说,近些年的北鱼不过是拉长了海岸线的辐射里程,他始终聆听着潮汐的雪涛,聆听词语内部的声音。

3

大海在月圆之夜访问他
涛声穿过雨林
拍打着床沿,妻儿安睡

北鱼对现实生活是敏感的,亦如大海里的礁石,你永远不能低估它的听力——经盐水的浸润和冲刷,它遍身都是耳朵。身处中年幽暗森林中,家庭生活一定会成为救赎。他写给儿子的诗,温暖又充满智性,集中在第二辑"少年锦"。这一类的亲情叙事,常有动人的细节,让人感觉北鱼永远属于细腻且辽阔的大海。

阳光不远万里而来,为灰色
柏油路镀上黄金。零维空间的礼物
在树荫分割的平面随机拆合

车辆、行人,走失的宠物
垂直穿越,包起、松开……
仿佛没有发生。唯独我抬头以回赠

附录一

推门时,儿子迎面而来
"给我读读你写的两行字"
是一张揉捏过的废纸,有着未完成的

纸飞机的折痕

——《礼物》

在诗歌中,北鱼称自己的儿子为"小小鱼",据此表明这个家庭与大海的关系。"小小鱼"常有惊人之举,比如:堆雪人、吹蒲公英、折纸飞机、网蜻蜓、放风筝……这些充满童趣的活动,被北鱼写进诗篇,其中欢乐拯救了困顿在中年世事里的诗人。生命循环往复,而繁衍既是负重前行,也是生命欢乐的馈赠。当北鱼拖着疲惫的身躯回到家,一开门就是"儿子迎面而来",那稚嫩的童声和"未完成的纸飞机"带有飞翔的力量,同时也有疗愈的功效。

倘若要归类,北鱼的诗歌创作一定归属南方写作,他的才情、细腻的文笔以及相对内敛的意象,都像是南方雨林的气息。他精准地把握住了现实生活中的根本细节,冠之以海洋般宽广的精神气象,于日常的土地上汲取汉语的养分。

除此之外,他给母亲写的《带母亲去医院》,给妻子写的《春天了》,都嵌入了细微的"日常叙事"。"一个母亲对孩子说的,现在被我借用",当我们还小的时候,母亲就是那个叮咛者;当母亲老去时,我们就是那个施爱者。当妻子看见我打扫好房间之后,"一边晾晒衣服,一边取笑/我的文弱",北鱼写到这里,并未有进一步阐释夫妻的互敬互爱,而是用"春天了,两只雀鸟/在窗外挑拣树枝"来表现谐乐之味。

4

大海爱他
游子之心,是木舟
偏爱蓝,以及咸涩往事

站在一个尚未体验过大海的狂躁之力的人的角度审视,我依然觉得故乡的海依然深爱着诗人北鱼,这是一种写作之根。换过来说,北鱼是未曾离开过大海的诗人。他始终热爱的那片"蓝白相见"的天空。那是一种粗粝,也是一种辽阔。无论深处何方,北鱼始终不能蒸发掉体内的大海气息,那是一种咸涩,也是一种浪漫。正是因为有了独特的海洋经验,才有朝向内陆出走的世俗困扰,继而才会有对大海更深意味的解读。

大鱼的子孙搁浅在海滩,微风
从背上经过:不熟悉的感觉

儿时,我常见木头船被礁石吸住
危险埋伏在退潮中。渔民们成群赶来

把竹竿架在浪涌的支点上，一，二，
三……马达声又开始振动海平面

那时，我不知道世上曾有过庄周
十年前，我第一次誊抄了飞机降落

鸟群规避航线，船只装载台风预警
站在平庸的岁数上，只有手机屏幕供我

眺望。有一天，我想把骨灰运回故乡
风很轻，云朵像一团团赶去上班的人群

——《扶摇》

此"扶摇"，似乎不具备诗歌狂想的肃穆猛志，却是咸涩海水娓娓袭岸的低语，像行板，似谣曲。这正是北鱼的诗歌之美，它成为栖身容纳之所，意味悠长且从叙事中出，是叙事和抒情的结合体。

《江海有信》较之先前的《蓝白相见》，确实有更复杂的生活经验。如今北鱼在钱塘江畔安闲而居，颇有蛟龙戏水的气度。钱江潮融汇了"江河文明"与"海洋文明"的双重属性，将江河的"集聚""勇进""不止息""静水流深"的特点与海洋的"博大""空灵""未知""有容乃大"并蓄，这种文明所孕育的文化、人格，并不多见。相信北鱼已经找到了"江海密信"，其诗歌创作与大海仍保持恒定的血脉联系。也正是那种如盐析晶般的语言运用，让其诗具有鲜明的海洋气质。

诗的幸福伦理学

——读北鱼诗集《江海有信》

楼　河

北鱼的《江海有信》是部形式十分规整的诗集，我们可以比较清晰地看出诗集的五个部分各自分属不同的主题，它们或是童年往事，或是家庭生活，或是日常景观，或是阅读故事，或是诗人友谊。但这些不同的主题是被相似的形式以及情感统一的。在形式上，它们像小令，精巧爽朗；而在情感上，它们则普遍展示了温柔且愉悦的风格。我相信这些诗是作者根据诗集的主题设计而整理编选在一起的，并不是诗人作品的全部面貌，因为在我看来，这部诗集具有一种特定的回报性质，回报自己获得的人生滋养，它包括来自成长阶段的故乡哺育，个人搭建的家庭关系的幸福，以及散落在生活中的友谊的爱护。

在某种意义上，北鱼的这些诗都不是大诗，它们不是海德格尔式的存在之思，而是列维纳斯式的蕴含在"家"这个亲密空间中的对情感的体恤和享受。在这种"享受"中，在诗传递的幸福感中，我们实际上会在列维纳斯的启发下看到另外两种隐秘的情感化态度：一方面，它有一种对"弱"的看护；另一方面，它对生活是种整理性的经营,而不是欲求性的建构。换句话说,我们在这些诗歌中或许能够看出北鱼的存在哲学是种生活哲学,这种生活哲学主要指向的是当下(包含了过去)而非未来。就前者来说,诗人对这个世界有种怜悯之情,而就后者来说,他对生活是种投入和营造的心态。这两个方面是相互影响的,前者赋予后者一种柔软且开放的底色,而后者则节制了前者那种诗人对世界的怜悯,使之没有变成一种诗歌写作上的目的,以及居高临下的态度,而是介于审美与爱之间的体验。换言之,北鱼的诗是充满感情的,但这种感情不属于浪漫的激情主义,它们温馨平和,并不激扬粗狂。

与当代诗,尤其是"知识分子写作"普遍的观念化和批判立场不同,北鱼的诗对当下世界以及自我,总体上是肯定的。在此肯定中,生活不需要变成一种目标性的事物而掏空其切实感,相反,它需要在主动的营造中尽可能地维持它的幸福状态。这无疑是种可贵的生活意见,尤其对于诗人这类群体来说更是如此,因为我们总是会误认为诗人的身份超越了非诗人,从而在这种身份上加诸许多公共性的要求,既造成了一种身份负担,同时还隔离于生活现实,让诗人个体在具体的生活中处于飘浮之中,从而造成与"家"这个场所的紧张。北鱼这种对于生活的切实亲近以及充满爱心的营造,有助于松弛我们的身心。诗在这里不仅是种爱的见证,记录了相爱的过程和状态,同时也像家庭中的一套精致餐具,既有一种呼唤全家人坐到一起享受晚餐的功能,自身也在灯光的映照下熠熠生辉,散发独有的美感。换句话说,北鱼的诗在内容上有种呼唤性,呼唤出一种爱和友谊的关系,而这种呼唤建立在对美的经营上：只有在美的条件下，这种被呼唤而来的关系才能升华出爱的品质。在这里，诗的装饰性（形式感）是有充分价值的，由此它的美感才发挥了主动性，参与到了"家"或者"家园"（主要是前者）的建设之中。我们完全可以想象，诗人的家人、朋友，以及长大后的小孩，在读到他写下的这些诗以后，是会感到幸福的。

这种将爱意融合进美感的作品能够启发我们重新认识人与人的关系，因为它用一种亲近减弱了人与人之间的竞争，在今天日益"内卷"的社会氛围中，我认为它会是一副心灵的解药：也许工作中的我们的确充满了紧张，但我们每天都可以从这个场域里退出，回到松弛的生活之中。这个启示实际上也对我们提出了要求：我们必须将生活与工作进行区分，并以一种经营与爱护的心态对待自己的生活，就像我们每个黄昏都要去阳台给花盆浇水一样，所有善的生活都不是唾手可得的。诗的这种生态姿态对于"诗人"这个身份来说则是种冒险，因为它放弃了朝向未来的超越性内容，实际上也就放弃了诗歌在阐释上的重要性。在这些"小令"式的作品中，我们并不方便演绎出包含有未来、真理、存在、主体、历史等伟大的形而上学概念，因为它的第一哲学不是存在论，而是一种伦理学。它并不以揭示世界的本源、存在的终极价值为目的，而是站在此时此刻的时空立场上，视生活本身为目的。在我看来，尽管北鱼的诗有许多回忆之作，但他并没有沉溺在过去的情绪中，而是试图从过去之"我"理解现在之"我"："我"是一个怎样的人，和"我"的历史息息相关；历史塑造了我们的性格，但并没有将我们圈禁在过去，而是给予我们情感上的动力,去完成现在的自己。换句话说,我们不能将过去视为负担而将现在与未来拖进对过去的再完成中,而是要将过去视为世界给予我们的一种恩遇,拥抱现在的自己。诗集的第一部分《潮间信》就是这样的作品。在这部分诗歌中,我们可以看到北鱼的出身和成长:一个海边渔民的儿子,在父辈的生存奋斗中和与同伴的逐浪高歌中长大。奋斗中的挣扎和痛苦、大自然的野性和生命力、海洋的暴力美学,共同熔铸进诗人的记忆里。带着这个记忆,当一个波浪将北鱼荡到北方的杭州时,他是保持着对自己的这种理解,主动与这个大都市建立起生活化的融合的。换句话说,这些记忆作为一种珍贵的,但同时可以公开的秘密,赋予他对自身精神丰富性的信念,推动他自信地展开了主体际性的交往活动,从而让孤独的个人在工作、聚会、家庭等各种场域的建设中变得生动而丰满起来,在融合中形成了从自我出发的各种网络,拥有了由他自己主导的世界,如此,一个年轻人才得以真正健康而充满希望地抵达他的中年。这一主导性并不是说他对世界和他者采取了自我中心的姿态,而是要尝试指出这样一个事实:只有当一个人主动地构建了属于自己的不同网络,他才拥有了属于自己的"家"。在这里,"家"这个概念不是凭借单纯的婚姻因素而成立,它指认了个人存在于生活中的丰满性。一个在父母包办下走进婚姻的青少年并不真正拥有属于自己的"家",而一个从未结婚,但依然能够好好照料自己的肉身与精神,与生活和谐相处的人,也会拥有自己的"家"。换句话说,"家"蕴含个人主动且充满幸福的交往,它具有对自我的成就,同时也在这个过程中成就他者。

江海有信

伦理学是北鱼诗歌的第一哲学，他作品中那种漾动的美感和温柔的情绪就是项证据。他放弃了常见的目的论诗歌方式，并不把诗歌当作一种认识行为，而是将它视为生活行为。显然，我认为这种放弃并不意味诗人缺乏上述形而上学能力，而是认为它是诗人的主动选择，并且，这种"主动选择"实际上来自对个人生存的被动状态的感受。也就说，北鱼之所以要放弃对伟大概念的演绎，而投入对生活"小确幸"的体验中，是因为他可能认为自己对于生活本身，以及对于那些构成他的生活内容的亲人、朋友，还有那些无名的他者，具有一种予以回报（爱）的责任。而更重要的一点是，他或许认为，只有去承担这个责任，才能挽救个人生存于世的本质性的孤独状态。换句话说，他需要用主动的爱的付出，去实现被动性的自己对爱的渴望。在这里，幸福这种心灵状态既是一种目的，也是一个公理性的出发。一方面，诗人深信自己的生活是欲求幸福的，同时相信这种欲求具有普遍性；但另一方面，他也清楚地知道这些幸福不是他一个人就能完成，并且每个人对幸福的具体解释都会有所不同，导致许多时候我们不仅难以合作，而且可能发生冲突，因此他对自己的幸福目标采取的是种向内欢迎的姿态，而不是外向的、具有扩张的占据方式。于是我们可以在北鱼诗歌中的美感和情感里，看到这样一种幸福态度：虚心的、感恩的、营造（装修）的。对于幸福，北鱼是在一个已有的房子内部进行加固、整修和装饰，而不是在对外部世界的侵占中去获得更多资料，然后开着挖掘机和塔吊建造一座新的房子。因此，尽管我认为北鱼对于他自己的诗具有一种控制的意味，并没有完全尊重语言的自我生成能力（这表现在作品形式的规整性上),但他却让诗歌在另一个维度上发挥了自主性:诗,参与并烘托了他的生活。换句话说,幸福对生活的目标性定义要求了作者对于他的诗有一种体恤的厚意:它不是生活中的快消品,用后即废,而是一件可以传承下去,并且在后续的营造中能够不断获得新生、具有艺术价值的结实家具。也就是说,对于主体而言,诗的幸福表明,它一方面具有功能性,这种功能性就是诗能够协助主体更好地开展生活的工具性;但另一方面,诗又因为具有持久性和艺术性,而以一种持续的在场成就了主体生活中的家庭成员的角色。在这种幸福中,诗人感恩于生活中的他者。但这种责任感不是基于朝向真理的义务,而是来自对切实的生活体验的触动,在这种触动中,一方面,"共在"作为个人存在的先验条件浮现——"我"的生活必然是在人群中的生活,"我"无法离开他们独活于世;而另一方面,投入或沉浸的状态排除了对生活具有的任务心理,不再将生活视为挑战,而是将它与工作区分而成为休憩的场所,因此让生活展示为一种幸福。

诗人的责任不是为了朝向真理,而是为了回报自己获得的幸福,这实际上也说明幸福并不是必然的、凝固不动的,而是脆弱的,并且充满变动。这种脆弱性向个人能力敞开,既承诺个人通过努力可以达成幸福,同时也警告他幸福可能随时都会消失。因此我们会在北鱼的诗歌中看出他对幸福是种珍惜的态度,而不是理所当然的态度。如我们之前提到的,这一珍惜里包含了对"弱"的看护,因而北鱼对幸福的展示便不是一种强势的姿态,而是体现了同情与呵护的温柔姿态。这无疑是对自我中心的克制,它削弱了诗的第一人称特性对主体的强化,让主体成为一种与他者交往的主体——实际上不是"他者",而是第二人称的"你",因为我们会看到,北鱼作品中的人称性几乎都可以转变为包含了对话色彩的"我们",并且这个"我们"是相对具体的,而不是"我"与抽象世界的对话。这种对话性的"我们"实际上是对对方心灵的承认,以及对"家"的确认,如意识哲学家丹尼尔·丹尼特所说:"当我对你讲话时,我把我们都算作了'有心者'那一类。这一必然的起点就创造出或者说确认了一个'圈子',有别于宇宙中其他一切的一类特殊视角。"因此,北鱼的诗对世界的开放性体现为一种与心灵类比有关的同情,但就"幸福"这个概念来说,他的诗则具有一种闭合性。他把"幸福"放在家里,虽然这个"家"对其他亲属和朋友具有邀请态度,但它却是从外部世界中独立出来、能够让时间停下来的港湾,从而让外部世界的四季流转、风雨之声变成一种窗外风景。

是伦理学,而不是形而上学,构成了北鱼诗歌中的第一哲学。因此,在北鱼的诗歌中,让"美"这种事物获得真实性内涵的因素来源于自我与他者的关系经营,而不是来自具有封闭性和稳定性的个人之思。北鱼的诗是动态的,即使是面对那些已经消失的往事,诗人也不是以静观的方式将其客体化为一个中立的事件,而是仍然投入感情予以重新理解,在此理解之后,当下之"我"会得到一种确认性的修正。换言之,经此之后的"我",会对"我"的幸福有一种更高的自信——它原本可能是存疑的。同时,北鱼的诗也是具有第二人称对象的,他在写作中预设了一个亲密的读者,一个足以构成"我们"这个复数性第一人称的读者。

附录一

由于北鱼的诗充满了对生活呵护性的爱意，因此它们的重量偏于轻盈而非沉重，其语感是圆润的，节奏是跳荡的，意象色泽是闪耀的。他删除掉诗歌里的形而上学目标，实际上也让诗歌变成生活中的一部分，构成了对生活本身的协助。也就是说，诗不再是生活中的客体，同时，诗歌自身也不以客体的态度来看待生活，进而让生活成为诗歌中一个有待观察、分析或批判的对象，而是让诗歌走到生活的场景中去，将可能处于枯燥凌乱的生活状态通过美感的表现整理为一种生态性的和谐景观。换言之，诗与生活的一致性即使还未构成事实，也是一个理想。由于这种生活化的爱的态度，我们在北鱼的诗歌的主题设置与形式表现上还能看到这些特点：第一，它具有歌谣性质，韵律感很强，从而让诗歌对象进入一种充满节奏的状态中；第二，它不仅主题具有系列性，并且在具体的诗歌内部，也表现了一种规整性，诗人并没有放任语言的自我生成能力，而是在试图表现语言自身形象的同时，将其内容规范在预设的主题下；第三，它主要是以细节化、片段方式对生活进行展示，较少围绕某个中心事件展开，即使一首诗讲述了一个事件，它往往也是生活的一个片段性的风景，构成的是对生活的丰富，以及对幸福脆弱性的警示，而不是一种挑战。在这三个特征中，我认为最后一点是最重要的，因为它的形式感最为隐秘，但最能表现诗人的态度。

我们来读这首《㧟鱼纪录》：

当潮水挑起舌尖，伸向沙质的碗：
一条白线向江口移来。那是我

未曾见过的漂浮起跑线。他说：

在浅滩边觅食的鱼，会被拍晕
在浅滩……他转身跃入潮水的牙缝
从巨鲸的吸力下抲捞失去泳姿的鱼

那时没有"远离潮水"高音播报，也没有
"珍惜生命"指示标牌。只有哑声
潮汛枪，一堂"冬天也要全脱光"常识课

他越说越详细，说到了单日抲鱼纪录和
几个被带走的人。我没记住数字和名字
只顾埋掉鱼鳞，在接近失忆的浅滩

　　这是诗集第一辑《潮间信》中的一首诗，它叙述的是个悲剧事件，但因为表现手法接近希尼的经典之作《期中假期》而显得较为冷静，即它并不直接陈述作者内心的感情，甚至事件本身，而是将全部笔力投入细节的刻画中。通过这种具体的刻画，原本易于被人忽视的细节走进了视野，我们眼前看到的便不再是种熟稔的景观性的事物，而是一个期望理解的陌生性的视域。也就是说，通过细节化的手法，诗将原本熟悉得让人无动于衷的场景转换出陌生的感受，从而让它变成一个待理解的对象，尝试着揭示一个真相。换言之，细节化的手法不仅以其中立的角度显示了陌生，并且对真相进行了隐藏性的处理，使得这首关于死亡事件的诗一方面说出了无言的痛苦，另一方面又试图把死亡埋藏起来，让它变成一个秘密，进入内心的潜意识之中。在这里，"几个被带走的人"是能够进行歧义性理解的，既可以说是海浪带走了他们（生命中的死亡），也可以说是海警或者其他什么人把他们带走（景观中的离开）。所以，如果没有第三节的暗示，尤其是其中"'远离潮水'高音播报"和"'珍惜生命'指示标牌"的提醒，我们甚至很难猜到这首诗与死亡相关。换句话说，如果没有死亡事件，我们可以将这首诗理解为生活中的一片风景，而不是生命中的一段历史，从而难以构成对自我人格的塑造。

　　诗歌里的人称是"我"和"他"，担当倾听角色的则是"你"，但"你"是隐身的。"他"是故事的讲述者，"我"是这个故事的记录者，但"我"的记录是有情绪的，这种情绪表现在诗歌最后部分对"我"的行为失措的描述上："我没记住数字和名字/只顾埋掉鱼鳞，在接近失忆的浅滩"。"我"显然有所惊慌，在这种"惊慌"中，"我"的记录需要一个倾听者来缓解这种心理压力，所以"你"尽管没有直接现身，却是必要性的存在。"我"向"你"讲述了这个听来的往事，它构成了"我"的童年往事的一部分，形塑了今日之"我"，如果"你"是"我们"中的一员，那么"我"将希望"你"知道"我"内心中脆弱的部分，从而让"我们"之间的爱变得更加具体且坚实。这是一种精神分析式的解读，在此意义上，我认为这首诗对逝者的哀伤其实是另一种新情感的起点，它对生命脆弱性的感悟和对死亡的痛苦体验是让"我"和"你"变成"我们"的一项基础。

　　《㧟鱼纪录》包含了隐秘的创伤经历，对于这种创伤，诗人实际上并不愿意直接触碰它,但他将它埋藏得太浅——"只顾埋掉鱼鳞,在接近失忆的浅滩",说明它仍然可能变成一种梦魇般的提示,告知我们幸福的脆弱性,因此"我"必须变成"我们"才能实现对创伤的疗愈,以及对幸福的守护。这一点,实际上构成了北鱼更多的诗歌表现内容:幸福既是"我们"的共同目标,也是"我"和"你"变成"我们"的原因。换句话说,幸福不单是生活的动力,同时也是生活的形式。第二辑《少年锦》中的这首《瘦阳光》对此表现得十分典型:

早晨七点,我醒来
一束瘦瘦的阳光赖在被子上

数日前,我们搬进新屋
四周半的小郑和它做了好朋友

他躺在床,让我帮他晃动窗户
一束反射光陪了我们一上午

九点左右,它会走开一会儿
这是我爱人的发现,我和她等到了十点

它又回来了,还是瘦
但已经是直照,从两幢楼的缝隙

附录一

>十一点，我母亲进来整理房间
>她没有什么发现。可能是
>
>再次被挡住了，也可能是
>她的瘦身子收服了它的懒散

这首诗几乎出现了全部家庭成员，儿子——"小郑"——构成中心，"瘦阳光"作为他的对应物让四周半的婴儿具有了向整个房间运动的能力，"我"、妻子、母亲则以这缕阳光为基点组成了一幅温暖且充满动态感的画面。表面上，是"我们"在共同守护这个脆弱的婴儿——"阳光"之"瘦"与它时有时无的状态正是其脆弱性的表现，但事实上，正是孩子的脆弱为"我们"创造了凝聚在一起的机会，让"我们"这个概念变得更加充实：不仅变得更加紧密，而且具有了目标。这是一个新生性的画面："我们"搬进了新家，孩子出生不久，是早晨七点钟，是晴朗的一天。但所有这一切如果没有幼儿的出现，依然会是平凡的一天，进而失去"新生"的意义。汉娜·阿伦特发展了这个新生概念，在她看来，人的出生作为一个自然事件具有一种开端性。虽然这种开端性是对自然出生的个体而言的，但对于养育新生儿的父母与家庭成员来说，这种开端性同样具有成就其崭新生活形式的潜力，因为婴儿出生的全然被动性——对他而言这是一个完全不能控制的自然事件——事实，将赋予主动地令其出生的家长一种天然的义务。这种义务像婴儿的出生一样是全新的，又因其生命的脆弱性而需要特别的照顾，因此也是极为精细的。孩子创造了

"我们"重构彼此关系的机会——是夫妻同时也成为父母,并且修订了"我们"对幸福的内涵,它不再停留于对生活的愉悦性享受中,还要求了一种成就感,在孩子尚处于婴儿阶段的时候,这种成就感表现为向他提供了一种安全、舒适的成长环境。由此我们可以看到,诗人对阳光运动的捕捉以及房间环境的描写是带着一种满足感的,他满意于这个早晨的新颖时光,更满意于新家被阳光照亮的氛围,因为这是他为孩子创造的一个温馨的养育之所。因此,在这首通过爱自己的孩子而从孩子稚嫩反应中收获到爱的感觉的诗,含着对自己的肯定。这也是对自己某种意义的爱。与此同时,孩子的出生还创造了一种新的观察视角,使"我"对母亲产生了新的认识,当诗人说:"十一点,我母亲进来整理房间/她没有什么发现。可能是//再次被挡住了,也可能是/她的瘦身子收服了它的懒散",其中的"瘦身子"虽然被"懒散"这个无所用心的感情模糊化了,但依然是个脆弱的形象。换句话说,孩子出生带来的义务感,以及他的脆弱性,启发了"我"对母亲之脆弱的关心。但无论是孩子还是母亲,他们的脆弱性带来的负担只是一个微弱的方面,在另一个角度里,这种脆弱实际上呼唤的是父亲(或儿子)对他们的情感投入,并把他牵绊在"家"这个场域里,让他在投入中获得更大的幸福体验,因此,尽管"我"和爱人对阳光的发现,以及母亲对房间的整理,在价值上没有什么意义,依然产生了甜蜜的感受。

"我"的过去塑造了"我"对"我们"的需要,在"我"和"你"变成"我们"之后,"我"的创伤得到了修复,同时"我"对爱的不断投入营造并维系了"家"的幸福。但"我"对爱的感觉会在重复性的投入中遗忘吗?这无疑是个危险点。为避免遗忘,家的闭合性需要不时打开,通过有限地引入外部世界的变动性,让我们的心灵不断得到启发。在这个意义上,诗集第四辑《空城略》中的《四只桶》就是一个启示。

> 四只桶,农夫山泉和
> 局部猜测来自某萧字头水厂的
> 各两只。需要装饮水器
> 在家泡茶,工地饮水,都好用
>
> 四只空桶。怎么空的?你不能问
> 一个女人如何活到四五十岁
> 比起这个问题,此刻尖锐而急速的
> 语言喷射更令她有主场感
>
> 四只大空桶,逼着中年男人
> 捏了一把刹车。他脑海中
> 可能浮现"好男不跟女斗"
> "遵守礼让是一种交通美德"
> 等等丰富长句,然而在现场
> 他只有"你这样不对""不跟你吵"
> 这些接近投降的陈词
>
> 他们渐渐拉开距离

江海有信

四只桶，系得很牢
她赢了，她不是故意的
她越来越不放心，数次回头去扶四只桶
你能看到小电驴后座在抖动
几根细绳神经裸露
当你经过，甚至担忧它们的前后关系

这是对一个生活事件的描述，它很难写，因为这是一个具有情节性的故事，把它讲清楚很可能会让诗歌失去节奏，而讲得太细又容易让诗歌失去意义。事件发生前经历了什么我们无从知晓，但它是怎么结束的却显示了。在一般的理解中，我们会说这首诗有一种对底层生活的同情。这种看法有道理，但不够充分，因为很明显，诗人在描述这个事件的时候使用了一种幽默的态度，因此并不具有"同情"这种心理状态内含的等级关系。换句话说，诗人在这首诗里完全没有表示自己的生活优越于他的诗歌对象的意思。他本人具有何种身份在诗歌中是被省略的，作为一个可以近距离观察"小电驴后座在抖动"的视角，他很可能也是一个骑着小电驴跟随在后的人，因此，我们不能在"底层"这个关键词中误会它是首同情之诗。它实际上是首生活之诗，只是生活的场景由"家"转移到了"世界"，具有了对幸福的开放性解释。这是场争吵，但不是很激烈，并且具有理解上的歧义：一种理解是，诗人作为旁观者看见一个中年女人骑着小电驴载着四只空水桶与她后面的"中年男人"发生了擦碰，然后引发了争吵；另一种理解是，诗人就是这个"中年男人"，这是他自己的遭遇，如此的话，诗歌中的"他"便可以转换为"我"。后一种理解更具有丰富性，情绪力量更强，我们不妨采取这种理解。诗的情感目标是多重的：第一节描述性看上去很中立，"农夫山泉""某萧字头水厂"这些符号展现了一种现场感，但"在家泡茶，工地饮水"却暗示了送水者的奔波，他（她）通过成就别人的幸福或需要而养育了自己家庭，因此这段描述里是有种体恤的。到第二节，送水者的性别和形象体现出来，是个"四五十岁"的女人，年纪显然比作者这个"中年男人"大，尽管她有种为了生活而奔波的艰苦，但她同时也是一个强悍的女人，会对所有可能性的进犯予以坚决甚至过度的反击。第三节的表述我们实际上不清楚两人是否真的发生了擦碰，但至少在内心，这个擦碰有已经发生，"四只大空桶"遮挡了"他"的视线，"逼着中年男人/捏了一把刹车。"他"自然是不快的，有了情绪，想要教训对方，并且认为自己无论是在规则上，还是在个人素质上，都要比对方更胜一筹，因此他幻想自己能用道德化的居高临下的"教育"方式，来实现这个让他情绪不悦的教训。显然，"遵守礼让是一种交通美德"这些所谓的"长句"需要在一种从容的环境里才能说出，而在争执中，只有自己的气势超过对方，自己的心态才能从容。但是，对方的气势显然不弱，甚至更胜一筹，因此诗人才说："然而在现场/他只有'你这样不对''不跟你吵'/这些接近投降的陈词"。最后一节，争吵双方恢复到原来的行驶状态，因此在描述上和第一节具有某种重复，对中年女人为生活而奔波的体恤再次生长起来，并表现出了理解上的差异：在争吵中，"他"显然认为这个女人霸道不讲理，但在此刻，女人却向"他"表示了歉意和弱势的一面——"她不是故意的/她越来越不放心，数次回头去扶四只桶"。

经过上述解释，我们对这首诗的理解会变得十分清晰，它向我们显示了情感的多重变化：体恤、恼火、沮丧、体恤。同时也向我们表现了人与人关系的多种可能性：如果我们不能真实地尊重对方，我们的交往就会变成争执；如果我们不能预想对方的反应，争执就会让我们陷入被动的处境；而如果我们缺乏体恤，这种被动带来的负面情绪就无法得到疗愈。事实上，这些都是诗歌直接带给我们的，我们还需要就诗歌本身的作用来设想它的可能性。假定诗歌中的"他"就是"我"，最后一节中的"你"所召唤出来的倾诉欲望说明，"我"将在回到家的时候向"你"讲述这个故事，并且将故事的重点放在最后，让"你"通过"我"的视角，体验到"我"最终的感情，它回到了一种体恤："你能看到小电驴后座在抖动/几根细绳神经裸露/当你经过，甚至担忧它们的前后关系"。在这种体恤中，"你"将知道"我"的善良和软弱，同时会知道，这也是"我"对"你"的期望："我"既希望"你"用一种赞同的方式帮"我"平复情绪和颜面，也希望"你"在"我"对"她"的体恤中附和"我"内心的感受，说一声"不要介意，她也不容易"。换言之，当诗从家的场域向世界开放的时候，世界中的事件就会像婴儿出生一样，启发"我们"更紧密地联系在一起，这种联系不是基于"我们"对世界的对抗，而是在事件的显影液中重新发现"我们"具有的一致性："我们"是相似的人，同时也有着相互理解的需要。这种一致性其实是普遍的，即"我们"和自己在世界中遭遇的所有人一样，都具有相似的人性。

可以说，北鱼的诗是一种以真实的对弱势的感受来唤起力量的作品。这种力量不是主体个人的力量，而是一种能够联系起来的爱的力量。通过这种对弱的感受，我们体谅了他者，节制了个人的欲望，也凝聚出了一个"我们"。"我们"构成了一个"家"，"家"成就了"我们"的幸福，它具有闭合性，但并不隔离于世界，并且持有一种向自己的亲友敞开，保持欢迎的态度。世界不断启发着"我们"，而"我们"的"亲友团"则不停地充实着"我们"，这就是"我们"的力量，它不是一种积极地向外拓展、持续推高人际竞争的力量，而是一种温和的、富有安全感的、自信的力量。这种力量告诫"我们"，要从对自己幸福的珍惜出发，去珍惜这个世界给"我们"的供养，由此，"我们"才不会把一个他者视为一个竞争的对象，而是将他们视为可以和我们联系在一起，相互成就的对象。换句话说，他者都是"我们"潜在的朋友，它是"家"这个空间的一环。

江海有信

从相似慢慢生发不同

——读北鱼《江海有信》

纳 兰

收到北鱼兄的诗稿《江海有信》有段日子了,他嘱我写个评论。依照惯例,我先是通读了整个诗稿,对他的诗风和性情有了整体上的把握。作为80后,北鱼的持续性写作和对诗的恒久的热情,给人留下了极深的印象。我和他有过几次诗歌活动上的碰面,他给人的印象是幽默风趣,待人极为真诚,有一颗赤子之心,这都是一位诗人必不可少的黄金般的品质。作为朋辈诗人,本没有批评与临床的手段与能力来对他的诗做出鞭辟入里的剖析,又因为作为朋辈诗人,有了平等地言说他诗的机会和更多的同频共振的可能性。

晨读布罗姆的《读诗的艺术》,发现布罗姆提出了一个很好的读诗的角度,他说:"如何判断一首从未读过的诗是否具有真正的诗的品质呢?在你读一首诗的时候,心里要带着几个问题。它的意义是什么,这意义是如何获得的?我能判断它有多好吗?它超越了自己的时代和诗人的生平吗,还是它现在看来只是属于一个时代的作品?"或许布罗姆的这几个问题,就是进入北鱼诗之修辞和意义实践的一个极佳的视角。

首先,北鱼的诗具有真正的诗的品质,他的诗像树上长出叶子一样自然。初读北鱼的诗,异质性的感觉并不强烈,甚至诗句显得普通,但是读他的诗需要有耐心,要在那种熟悉感中去寻找他的"从相似慢慢生发不同"的诗歌特质。北鱼说"他留下一个蛹,在十片树叶/围成的房间里,从相似慢慢生发不同"(《写十个名字》),或许"从相似慢慢生发不同"就是北鱼的一种渐进的诗学理想,从相似中突围,生发不同是其最终目标。读北鱼的诗,有种"顺着夜幕的滑坡,我落入了/稻田的口袋"(《夜幕初临江东村》)之感。他的《林场速忆》这首诗,就给人留下了深刻的印象。整首诗浑然一体,如流水般倾泻而出,在"有林场,有杨梅树……"的铺排中,呈现了一个诗人对可见事物的视觉把握与符号化表达,也体现了一个诗人的不可见之内心世界的富足状态。北鱼并没有停留在写景状物的表层,而是细致地表达"有日落的担忧"的情状;入微地体察"高过人头的杂草"和正在失忆的"老村"。在诗之结尾,"有一座老村正在失忆,好心劝我/不要去、不要去",北鱼这种返回一座老村的行为,正是诗人不断进入个人的无意识领域的自省,遵照感觉的逻辑来对"躲在头脑里的思想"实行勘探与挖掘。如果说他的《林场速忆》是对事物的返回,那么《归港》一诗是对童年的返回,他写道:"仿如幼年的我/站在码头等我,等着翻看背包/倒出玩具、书和几个硬币。"不要小看"玩具、书和几个硬币"等几个简单的词,当诗人再现这些事物之时,他再现的是一个可治愈性的瞬间,这些简单的事物,在当时来说,它们就是一切。诗人通过词语来呈现内心世界的丰盈并做出有意义的言说，事物与词语被焊接在一起，形成了不可拆解的织物与结晶体，对北鱼而言，诗即是"一次解锁的呼吸"。虽然北鱼清醒地重视人生的社会的个体的"解题功效"，但他也知晓"回忆显然没有复习那样的解题功效/不明缘由的事消耗着剩余时间"（《8号线》）。

其次，北鱼的诗是有意义的，诗的意义源于诗人对现实的体察和形而上的主体之思。北鱼的《给银杏的致歉书》，是一首不可多得的佳作，读北鱼的这首诗，使人情不自禁地想起了辛波斯卡的《在一颗小星下》，北鱼是"有负你，饱满的借喻"，辛波斯卡是"我向所有事物道歉，我不能随时到达每一个地方"。北鱼对一棵银杏树的观察由浅入深，"我的注视/只到了你的腰，几片心形叶子/和头顶的阴晴"。这首诗的动人之处，并非仅仅在于一种"有负"之感，也在于他托物言志，借助银杏树写出了主体之思，一种"移栽的笔挺"和"向天空传话"的形而上之思。如果说北鱼的《给银杏的致歉书》是一种对现实世界的一种自省，那么他的《湖泊》一诗，则是属于个人的无意识领域的自省。"触碰了核，就像在睡梦中摸到/水草的腰"（《湖泊》），对北鱼而言，"触碰了核"，这个核，既是现实之核，也是理想之核，既是哲学之核，也是诗学之核，更是诗之"核"。"把背上的杂物放下"就是一种放下现实的负重，而进入虚构和"虚无的湖水"的有意之举。所谓"一股冰凉，咬住了他"，正是北鱼触碰到了象征性资本、诗性资本。"但是这一次，湖泊沉静/直到天亮把他从失眠中提取出来"，显然，并不是一个有形的湖泊所带来的感觉，而是一种思想的荡漾和主体的沉静。或者可以这么说，当北鱼

"用手试探了一下虚无的湖水"之时,就是他进入主体之思和诗之特质慢慢生发不同的起始,北鱼追求的"是一行:你未敢告密的无形之物的暗语"(《不死火》)。

而"梧桐树似有大悟/五指舒张,待与每个经过的人握手"之句(《初夏,摘抄金华路》),更见北鱼之颖悟,通过实写梧桐树的大悟,而虚写诗人之大悟。五指舒张的梧桐树,亦是诗人敞开襟怀拥抱万物的心胸。在《弯曲》中,北鱼又一次写到了梧桐。"去摸,或者干脆拥抱/一棵梧桐树的粗挺",北鱼通过拥抱梧桐来去除"屏障",梧桐树成为北鱼觉悟的缘起之物。至少可以从他的"等同于站在同一秒上的/猫和蘑菇。至于从外看矮多少/我们很难进到内部去追问"这些诗句中,得知北鱼既重视外感知,也重视内感知。对于"天,是一张落叶纷纷的白卷",北鱼有着自己诗意的解答和阐释。诗人写出"当一块铁发现自己正在老去/清早的露珠加重了这种感知"(《归降门》),你已经无法区分这是一种内感知还是外感知,它是现实的领域(世界)和主体性的领域(作者)的混杂的思想和感受,"探索一种已经存在的无意识——此种无意识隐藏于记忆和语言的幽暗角落"(德勒兹语)。"当风景的手终于拧到生锈开关",自然(风景)、主体(手)彼此契合,互相打开,"推开它与尘世之间的门"。

现在看来北鱼书写着属于这个时代的作品,言其超越了自己的时代和诗人的生平,为时过早。诗歌,就是北鱼在这个时代的"自我塑造"。北鱼在悟着,写着,在"鲲"成为"鹏"的路上,在迈向诗学天空抵达逍遥游的过程之中。他的《三十五岁,或惊蛰日》这首诗,可以当作诗人的自我坦白,他写着"熟练而有质

江海有信

量的"诗，说着"不要有针或者胶水"的明话，主动压缩交际，"让家庭在祖国的心脏里无限小下去"，从北鱼的诗中，可见其生活态度，见其心胸，见其性情，见其理想。"星空呈现过往的排序/我们的交谈浮动着未知和预见"（《童谣之夜》），"浮动着未知和预见"，就是北鱼之生发不同的诗之可期的那部分。

2023.6.25

[附录二]

短　评

　　北鱼诗歌的两翼,在语言运动的严谨法度与充满灵性的想象力之间、在丰富的生存体验与更为内在的自我之间,有力而自如地切换着,正在形成鲜明的个人风格,也展现出了愈加充足的诗性自由。

——陈先发

　　北鱼是温州洞头人,早前岛屿上住着的都是渔民,北鱼了解那种生活,也不断地写到大海和岛屿,当他离开故土后,渔民的质朴与执着在他这里转化成了对诗歌的热爱与实干。他组织诗社、举办沙龙、编辑刊物,以创新方式推出"青年诗人成长陪跑计划",为优秀的青年诗人免费出第一本诗集,并使它成为令人瞩目的项目……《江海有信》的出版让我为他感到高兴,说明他的诗歌写作也没有落下。从东海边到钱塘江畔的生活,对少年时代的追忆,从青年到中年的忧虑与转换,写给友人的赠诗等构成了这部诗集的多声部。给我一个特别深的印象就是,北鱼的诗有着一个消化能力很好的胃,他并不避讳诸如"高清屏""柴油机"

江海有信

"地铁"等新的词语,一条边上熟悉的路,一座日常经过的桥,新搬的办公室都能写进诗歌里,说明他自觉地越过了以唯美作为诗歌写作信条的界限,从而要去把握真实的生活和世界,围绕当代进行写作。在很多首作品中,他都写到他骑行的小电驴,也形成了一种有趣的生活画面。在一个特殊的人生阶段,中年的焦虑也许正慢慢渗透到北鱼的诗行中,"我想/给尘世的故人捎信,除了池中/搬不动的倒影,我身无一物//可以相赠",即便如此,我们也仍然在这句子里看到一种更久远、更深邃的"万古愁"式的反躬自问。从东海之滨到钱塘江畔,相信北鱼能成为一条自由遨游在江海的大鱼,甚至像鲲鹏般神俊非凡傲视天地。

——江离

北鱼的诗具有骨子里的沉潜与安静,却又有着强烈的现代性。他对事物的感知是敏锐的,不断地获得有异于他人的新的发现。写下的似乎是生活之轻(语言,语感,词汇),又令人在诗中不得不沉思,在这举重若轻貌似洁净之中,却呈示出了不同凡响的及隐匿之思,建立起来独特的思之魅。他克制地使用想象,这使得想象更为精彩,使得想象与诗成为一种雪中送炭的关系,让想象成为隐喻的白银,而冷光闪耀,使诗的品质大为提高。类似"我睡着了,很沉,像一根木头晕倒在地上",类似"上班,是地铁虫饱腹的时刻",类似"他只有'你这样不对''不跟你吵'/这些接近投降的陈词",等等,每当这时,我会停顿一下,由衷地感叹它是如此地击中了我。

——马叙

附录二

很欣喜看到北鱼兄的新诗集出版,他作为一个笔名中有"鱼"的诗人,自幼又在东海边长大,此本诗集《江海有信》,可谓名副其人之本心了。

北鱼的诗也带有浓烈的海洋色彩,他在诗中的意象如同他的诗句"沙滩卵石堆叠""像大海隐藏更深处的蓝",这"蓝"如其诗,是一种汉语的蓝,一种具有海洋之蓝的宽广和深邃。在我得出此结论后,我惊讶地发现这本诗集中果然有一首诗《蓝》,他写道:"喜欢所有蓝:在鸟背,在鱼腹/在汽车观后镜意外的反照",这印证了我的猜测。

他在这本诗集中多次提到了在海洋边生活,我相信这来自诗人童年深刻的回忆,比如《扶摇》,其中写道:"儿时,我常见木头船被礁石吸住/危险埋伏在退潮中。渔民们成群赶来/把竹竿架在浪涌的支点上,一、二/三……马达声又开始振动海平面",生动形象地向读诗之人展示了渔民的日常,而在诗的结尾,他缓缓诉说"有一天,我想把骨灰运回故乡/风很轻,云朵像一团团赶去上班的人群"。正如他这本诗集所倾诉,他不过在说出一种平实的生活与朴素的归愿——这是诗人对生命的真诚。

——缎轻轻

北鱼这部诗集里的作品清丽隽永,平淡叙述的意味里透着雅致之风,气息的流转让人想起宋词小令,又让人想起湖面的小舟轻扬。修辞的打磨非常用心,不凝不滞、气韵生动。字里行间散发着对身边人具体的爱,这种爱并不浓烈激荡,并不急于自我表露,而是平和细腻、充满温情的,正是这种爱让诗人得以实现与生活的和解。也正是这种和解的姿态,让诗人能够把作为个体的自我放到万物中间去,放到时代中去,同时,作为写作者的"我"也得以站到一个更高的角度,看到诗意的更多可能性。诗行间隐约透出诗人继承自古人和古代山水的诗心,面对现代生活的种种反诗性的制约因素,诗人敏锐地感受到摩擦,试图在生活的碎片中建立一种新式的古典美,甚至部分作品也对现代社会的不含"古典"基因的事物进行"诗化",这样的尝试体现出诗人对现代汉语的游刃有余的运用。在对江南,尤其是杭州的描写中,也展现出一个跨越古今的视角。

——萧楚天

北鱼的诗,用词精简,意象摘选上喜欢从俗世生活中寻找日常的元素。从故乡洞头到工作生活的杭城,他的内心安放着一颗不曾改变的诗心和初心,看得出来,他在诗艺上偏爱化繁就简,让词语自己去安排内心的伦理秩序。节奏感呈现出急促的状态,就像一个人面对大江大海时,那种压制的激动,借助情感的突破口,展示诗意的跃动。北鱼的诗有着思辨的哲学观,还有着古典的意境,在运用象征和隐喻等手法时,有自己的写作心得。

——周维强